무해한 눈빛들

무해한 눈빛들

초판 1쇄 인쇄 2025년 3월 25일
초판 1쇄 발행 2025년 3월 28일
저　자　이월성
발행인　박지연
발행처　도서출판 도화
등　록　2013년 11월 19일 제2013－000124호
주　소　서울시 송파구 중대로34길 9－3
전　화　02) 3012－1030
팩　스　02) 3012－1031
전자우편　dohwa1030@daum.net
인　쇄　유진보라
ISBN　979－11－92828－70－1 *03810
정가 15,000원

도화道化, fool는
고정적인 질서에 대한 익살맞은 비판자,
고정화된 사고의 틀을 해체한다는 뜻입니다.

무해한 눈빛들
이월성 소설

도화

차례

단편소설

푸른 우체통

소도시 시민회관 강당으로 부산스럽게 사람들이 들어와 자리를 잡았다. 무대 위 정면에는 〈괜찮아, 그럴 수도 있지〉라는 강연 제목의 현수막이 붙어있었는데 현수막 오른쪽 끝에는 환하게 웃는 강연자의 얼굴이 새겨져 있었다.

갑작스러운 할아버지의 죽음으로 식음을 전폐했던 할머니가 강연을 듣고 싶다고 요구하지 않았다면 이 자리에 앉아 있을 이유가 없었다. 주위를 둘러봐도 젊은 사람은 나밖에 없는 듯했다. 대부분이 지역주민으로 거동이 불편해 보이는 노인들이었는데 마음의 위로를 받고 싶은 건 나이와 상관이 없나 보다.

나는 다시 현수막에 새겨진 제목을 바라봤다. 어디선가 굵고 낮은 음성이 들리는 듯했다.

　─괜찮아, 그럴 수도 있지.

　나는 입술을 삐죽이며 손가락으로 눈꼬리를 문질렀다. 그건 할아버지의 말이었다.

　할아버지는 누군가 실수를 해 자책을 하거나 민망해하면 "괜찮아, 그럴 수 있지"라고 담담하게 말했다. 그러면 모든 일은 아무것도 아닌 것처럼 여겨지고 괜찮아질 것만 같았다. 할머니의 발끈한 음성이 뒤따르기 전까지는. "괜찮긴 뭐가 괜찮고 그럴 수 있긴 뭐가 그럴 수 있어요!"라고 목소리를 높였다. 그럼, 할아버지는 슬그머니 자리를 떴다. 항상 할아버지에게 고분고분하던 할머니의 유일한 급발진에 우리 가족은 웃음을 터뜨리곤 했었다.

　손에 든 휴대전화에서 카톡이 왔다는 진동이 느껴졌다. 진동은 계속 울렸다. 무슨 일일까 궁금했지만, 꾹 참기로 했다. 내가 기다리는 톡이 아니라면 실망해서 강연에 집중할 수 없을지도 모른다. 제일 맛있는 걸 나중에 먹듯 아껴두기로 했다.

　강연장 안에서 허리를 꼿꼿하게 세운 할머니는 우아했다. 고운 백발에 옥색 원피스를 입고 붉은 꽃무늬 머플러를 두른 할머니는 단연 돋보였다. 어제까지만 해도 저러다 돌아가시는 것은 아닌가 걱정했는데 색조 화장까지 한 볼이 발그레했다.

오늘 강연자는 청중들의 마음을 위로해 주는 '마음 치유사'로 유명한 사람이었다. 할아버지의 죽음이 이런 강연까지 들어야 할 만큼 할머니를 슬프게 한다는 사실에 또 울컥해졌다. 할머니는 가지런히 무릎 위에 놓은 두 손으로 손수건을 연신 말았다 펴기를 반복했다. 내가 할머니 손을 슬며시 잡고 힘을 주자 할머니는 고개를 돌려 희미하게 미소 지었다.

요란한 박수 소리와 함께 배영신이 무대 위로 올라왔다. 빨간 모자에 빨간 투피스를 입은 그녀는 옷차림부터 강렬했다. 공손하게 청중을 향해 고개 숙인 그녀는 활짝 웃으면서 아름다운 바다의 도시 P시에서 자신을 불러주어 영광이라며 감사 인사를 했다. 그녀가 어떤 말로 할머니의 가라앉은 몸과 마음을 일으켜 세울지 궁금했다.

배영신은 살면서 예기치 않게 만나게 되는 폭풍과 같은 일에 관해 얘기했다. 나는 그녀의 이야기를 들으며 엉뚱하게도 K를 떠올렸다. 예고 없이 내 삶에 끼어든 K.

방학을 앞두고 동아리에서는 봉사활동을 준비 중이었다. 여러 번 회의를 거쳐 마지막 점검 회의가 있던 날, 나는 행사

자료집을 담당했다. 자료집에는 행사 일정과 주민들과 함께 할 프로그램 내용까지 총망라해 들어있었다. 전통을 자부하는 동아리라 그날은 선배들도 응원차 참석하기로 되어있어 까마득한 원로급 선배도 본다고 생각하니 긴장이 되었다.

최종회의 점검 날, 지하철 안은 사람들로 발 디딜 틈이 없었다. 이리저리 치이다가 겨우 자리를 잡자 피곤했는지 자꾸 눈이 감겼다. 그러다 순간 열린 지하철 문밖에 내려야 할 역명이 두 눈에 들어왔다. 허겁지겁 문이 닫히기 전 지하철 밖으로 뛰어내렸다. 몽롱한 상태로 민첩하게 행동한 나를 기특해하며 약속 장소로 향하는데 누군가 내 이름을 불렀다. 뒤를 돌아보자 동아리 회원인 K였다.

나를 만나 반가운지 그는 "자료집 무겁지?" 하며 웃었다. 그렇지 않다며 멋쩍게 웃다 화들짝 놀랐다. 손에 무게감이 느껴지지 않았다. 묵직한 쇼핑백이 사라진 빈손이었다. 졸다 급하게 내리느라 백팩만 메고 선반 위에 올려놓은 쇼핑백을 잊고 내린 것이었다.

사색이 된 나에게 그는 괜찮다고 했다. 걱정하지 말라고도 했다. 잃어버렸으면 찾으면 되지. 괜찮아. 그는 침착하게 지하철 유실물센터에 전화를 걸었고 분실물로 들어온 게 없다는 말이 돌아오자, 놀라 숨도 못 쉬고 있는 내게 자료가 어디 저

장되어 있는지 물었다. 노트북에 있다고 하자 혹시 메일로 보내지는 않았냐고 재차 물었다. 나는 덜덜 떨면서 회장에게 최종 확인을 받느라 메일로 보냈다고 했다. 그럼 됐어. 그가 확신에 차 말했다.

그는 근처 프린트할 수 있는 곳을 검색한 후, 달리기 시작했다. 나도 그의 뒤를 따라 뛰었다. 사람들로 우리의 간격이 벌어지자 그는 내 손을 잡아끌었다. 프린터 집에 도착해 메일로 보낸 자료를 찾아 인쇄를 맡겼다. 인쇄물이 나오자마자 우린 또다시 달리기 시작했다. 모임 시간에 조금 늦긴 했지만, 무사히 회의를 마칠 수 있었다. 자료집이 없었다면 큰 낭패를 볼 뻔했다. 그 후 K가 내 눈에 들어왔다. 물론 K는 그 일에 대해 아무 말도 없었다. 과묵한 그에게 자꾸 눈길이 갔다.

"사람들은 모든 걸 자기식으로 해석해요. 그래서 오해가 생기고 다툼이 생겨 고통을 받지요. 상대방과 부딪칠 때, 자기주장만 내세우지 말고 먼저 '그럴 수 있지'라고 말해 보세요. 그 말을 하는 순간 여유가 생겨 상대방을 이해하는 틈도 생기지요. 그 말을 들은 상대방도 자신의 마음을 이해하는구나 싶어 한결 부드러워지죠. 또 상대방이 상심할 때도 이 말을 해 보세요. 상대방은 위로를 받지요. 나에게도 해 보세요. 내가 고통스러울 때 스스로 해주는 거죠. 그럼, 마음에 평화가 찾아오죠. 그래 그럴 수 있는 일이지. 말 한마디가 사람을 살리는 거예요. 나도 살고, 상대방도 살고 정말 축복된 말이지요."

그 말이 내 귀에 쏙 들어왔다. 나는 할머니를 흘깃 봤다. 할머니, 할아버지와 똑같은 말을 하고 있네요. 이 말을 들으려고 이곳까지 오자고 하셨나요? 그런데 할머니는 한껏 화가 난 표정이었다. 공감으로 물들어 있을 거로 생각했는데 의외의 표정을 짓고 있었다. 갑자기 할머니의 입에서 커다란 탄식이 터져 나왔다.

"어휴."

소리가 너무 커 관객을 향했던 배영신의 시선이 할머니에게로 옮겨졌다. 그녀의 말이 갑자기 뚝 끊겼다. 무슨 일인지 눈이 커지고 힘차게 허공을 향해 뻗던 두 손이 탁자를 부여잡았다. 그 순간에도 시선은 할머니를 향해 있었다. 급히 마른침을 삼키며 물병을 집어 들었지만, 손이 삐끗했는지 물병은 물 파편을 날리며 바닥에 나뒹굴었다. 물 파편은 할머니와 나에게도 날아와 몸을 움찔하게 했다. 갑작스러운 상황에 사람들이 술렁였다.

"어머님, 아버님들이 저를 너무 환대해 주셔서 제가 긴장했나 봐요."

배영신은 노련한 강사답게 너스레를 떨며 얼른 표정을 바꿔 이야기를 이어갔다. 그런데 조금 전까지만 해도 웃음을 유발하며 술술 풀어내던 얘기들이 뚝뚝 끊기고 목이 잠겨 헛기침을 해 댔다. 나는 안타까웠다. 그녀가 강의를 잘해야 할머니가 힘을 얻을 텐데. 그녀의 강의가 난조에 빠지자 나는 다시 할머니 손을 힘주어 잡았다. 할머니는 꼿꼿하게 배영신을 노려봤다. 내가 잘못 본 걸까.

　할머니가 벌떡 일어나면서 내 손을 잡아끌었다. 나는 할머니의 돌발행동에 놀라 허둥댔다. 강연자가 헤매는 상황에서 가장 앞줄, 중앙에서 자리를 박차고 나가다니. 모두를 당황시키기 충분했다. 할머니의 성정으로 봤을 때, 이런 상황에서는 강사를 응원하고 손뼉을 더 열심히 칠 분이었다. 그런데 흔들리는 강연의 흐름을 끊는 도발적인 행동을 하다니. 당당하게 걸어 나가는 할머니의 뒤를 엉거주춤 허리를 숙이고 따라 나왔다. 이런 예의 없는 행동을 제일 싫어할 분이 할머니인데 알 수 없는 일이었다.

　집으로 돌아오면서 할머니는 침묵했다. 등대 옆 푸른 우체통이 보이는 정류장에서 내려 언덕을 오를 때도 시선을 바다로 두지 않았다.

할머니는 집에 오자마자 된장찌개를 끓이고 더덕을 양념 발라 굽고 나물을 무치고 조기를 구워 저녁상을 차렸다. 할아 버지가 살아계실 때 차렸던 밥상이었다. 나는 입안 가득 음식 을 넣은 채 말했다.

"강연은 별로였지만 할머니를 힘 나게 한 걸 보면 이름이 날 만한 것 같아요."

할머니는 어깨를 으쓱하더니 된장찌개를 한 숟가락 푹 떠 서 밥에 쓱쓱 비볐다. 배영신의 어떤 말에 할머니가 힘을 얻은 걸까. 허둥대던 배영신만 떠올랐다.

저녁 식사 후 내 방에 들어와 조심스럽게 카톡을 열었다. 동아리 단톡방에는 여러 개의 메시지가 와있었다. 천천히 스 크롤을 내리면서 하나하나 읽자 동아리에서 나와 가장 친한 정아의 글이 보였다.

─연경아, 네가 준비해준 자료로 오늘 좋은 시간 가졌어. 고마워. 잘 지내지?

그 뒤에 여러 명의 메시지가 이어졌다. 나와 할머니의 안부 를 묻는 내용이었다. 사진과 함께 K의 메시지도 있었다.

─연경아, 함께했으면 좋았을 텐데. 다음에는 꼭 함께하자.

나도 모르게 사진 속에서 K를 찾아내기 위해 사진을 확대 하고 또 확대했다. K와 내가 숨바꼭질하는 것 같았다. 그의 환한 얼굴을 보면서 나는 애석하고 아쉽고 속상했다. 만약 할아버지가 돌아가시지 않았다면 K 옆에 내가 있을 수 있었는데.

할아버지가 갑자기 돌아가시자 아빠, 엄마는 할머니가 서울로 올라오기를 바랐다. 그러나 할머니는 극구 할아버지와 살던 집을 떠나기 싫어하셨고 마침 방학을 맞은 나에게 할머니를 보살펴 드리라는 명령이 떨어졌다. 대학에 들어와 처음 맞는 여름방학이라 하고 싶은 일이 많았는데, 특히 K와 함께 할 수 있는 봉사활동은 가장 설레는 일이었다. 물론 자료집을 분실한 사건을 겪지 않았다면 고민 없이 할머니 집으로 향했을 것이다. 머뭇대는 나를 아빠는 설득했다.

"모두 자기만 생각하면 어떡하니? 지금 할머니를 보살필 사람은 연경아, 넌 것 같은데. 엄마, 아빠는 직장 때문에 힘들고. 작은 아빠네와 고모네는 중고생이 있고. 네가 가장 여유가 있는 것 같은데."

아빠의 말 때문만은 아니었다. 그놈의 대학이 무엇인지 학교와 학원에 다니느라 할아버지, 할머니와 많은 추억을 쌓지는 못했지만, 사람들에게 존경받는 할아버지와 손맛이 끝내주는 할머니를 자랑스러워하고 좋아했다.

그리고 나는 할머니 집이 좋았다. 푸른 바다가 한눈에 내려다보이는 언덕배기에 있는 이 집을 그리워했다. 왠지 이곳에

오면 내가 깨끗해지고 가벼워지는 느낌이 들었다. 앞마당에는 작은 텃밭과 계절별로 연신 꽃이 피는 꽃밭이 있었고 뒤뜰에는 동백나무들이 울타리를 이루고 있었다. 할머니와 나는 겨울에 흰 눈이 내리면 뒤뜰에 앉아 따뜻한 코코아를 마시며 붉은 동백꽃을 바라보곤 했었다.

이 집은 할아버지가 대학교수로 정년퇴직하고 몇 년 후 자리를 잡은 곳이었다. 그때 아빠가 화를 냈던 것 같다.

"아버지야 본인이 좋아서 내려가지만, 어머니는 안 돼요. 어머니도 이젠 편히 사셔야지요."

할아버지 계신 곳에 할머니가 가는 건 당연한 일인데 왜 그럴까. 의문이 잠깐 들었지만, 할머니가 몇 달 후 할아버지를 따라 P시로 내려감으로써 의구심은 사라졌다.

P시에는 유명한 푸른 우체통이 있었다. 어느 날부터 SNS에는 고민을 적은 편지를 푸른 우체통에 넣으면 신기하게도 답신이 온다는 글들이 올라왔다. 답글을 읽으면 고민을 해결할 힘이 생긴다는 소문이 퍼져나가 전국에서 사람들이 모여들었다. 흥미로운 것은 누가 답신을 보내는지 알려고 하지 말고 답신의 내용을 밝히지도 말라고 했다. 만약 약속을 지키지 않으면 푸른 우체통은 입을 닫아 버릴 것이라는 경고문이 이름표

처럼 푸른 우체통에 붙어있었다.

할아버지가 앞마당에 놓인 흔들의자에 앉아 바다를 바라보는 뒷모습은 한 폭의 정물화 같았다. 할아버지는 눈 앞에 펼쳐진 파란 바다와 하얗게 부서지는 파도, 뱃고동 소리를 울리며 어선들이 빨간 등대와 하얀 등대 사이를 들고나는 것을 바라보았다. 특히 빨간 등대 옆에는 푸른 점이 찍혀있었는데 이 동네의 명물인 푸른 우체통이었다. 그 모든 것을 할아버지는 파수꾼처럼 지켜봤다.

바다를 보지 않을 때는 서재에 들어가 동면하는 동물처럼 쉽게 밖으로 나오지 않았다. 할머니도 굳이 문을 열지 않고 서재 방문 앞 테이블에 과일과 차를 가져다 놓고 처마 끝에 달린 풍경 줄을 당겨 크게 소리를 냈다. 그러면 할아버지가 나와 간식을 들고 들어갔다.

할머니는 할아버지의 일이 에너지를 많이 필요로 하는 일이라며 제철 음식과 신선한 육류와 생선을 골고루 챙겨 드렸다. 한 분은 서재에서, 한 분은 텃밭 가꾸기와 그림 그리기로 시간을 보냈지만 두 분은 다정했다.

단톡방에는 K와 정아를 놀리는 글이 달리기 시작했다. 사진 이곳저곳에서 함께 있는 둘의 모습이 자주 보이더니, 역시 그들에게 무슨 일이 벌어진 게 분명했다. 나는 손에 진땀이 났다. 이게 뭐지? 사실 난 K와 아무 관계도 아니기에 이런 감정이 든다는 게 더 이상했다.

나도 편지를 써 푸른 우체통에 넣어볼까. 푸른 우체통은 어떤 말을 해줄까? 누군가를 좋아하는 건 축복이야. 좋아하면 표현해. 그런데 우정과 사랑 사이의 고민이라고. 인류사회에서 몇 손가락 안에 드는 고민이지. 울컥 슬픔이 밀려왔다. 이제는 답신이 오지 않을 거라는 걸 나는 안다. 모든 게 툭 끊어져 버렸다. 나는 벌떡 일어나 할머니를 찾았다.

할머니는 동백꽃을 그리고 있었다. 그림을 배운 적도 없는 할머니의 방에는 온통 동백꽃 천지였다. 눈밭에 핀 붉은 동백꽃이 너무 강렬해 심장이 뛰었다.

"할머니, 이 동백꽃은 너무 차갑고 서러워 보인다. 너무 검붉은 것 아니에요?"

"그래 보이냐. 글쎄."

나는 할머니 뒤로 돌아가 가만히 할머니 어깨를 안았다. 지금 할머니의 마음이 검붉은 동백꽃인 양 싶었다. 나는 어깨를 감싸던 팔을 풀고 너스레를 떨었다.

"할머니, 연애 얘기 좀 해주세요. 멋진 우리 할아버지 어떻게 만났어요?"

"왜, 갑자기 그런 얘기가 듣고 싶어?"

나는 콧등을 찡긋거리며 재촉의 눈빛을 보냈다. 할머니는 입꼬리를 올렸다 내리면서 대수롭지 않은 듯 말했지만, 목소리가 조금 떨렸다.

"별것 없어. 내 큰오빠가 서울에서 대학을 다니다 방학 때, 친구 한 명을 데리고 온 거야. 그땐 부끄러워서 고개만 숙이고 피했는데 훗날 오빠가 대학신문을 읽어보라고 주는 거야. 그때 그 친구가 쓴 글이라며. 청년들에게 전하는 편지글이었는데 어찌나 기백이 있고 따뜻하고 희망적인지 얼굴도 제대로 못 본 사람에게 마음을 빼앗겼지 뭐니. 저런 생각을 품은 사람이라면 평생을 함께하고 싶다는 생각이 들었어. 단지 꿈만 꿨는데 그 남자가 우리 집을 다시 찾아온 거야. 친척 집이 우리 집과 가까운 곳에 있었다는구나. 그땐 오빠가 서울에 있어서 내가 그를 맞이했지. 그 후 편지를 주고받았지."

"와, 그 시대에 연애결혼이라니. 멋져요. 할머니!"

"연애는 무슨. 집안은 가난한데 머리만 좋은 남자였지. 그래도 자식들 잘 키우고 살아왔구나."

"힘든 일은 없었어요? 엄마는 아빠가 술 좋아하고 친구 좋아한다고 결혼 잘못했다고 푸념 많이 하거든요."

"뭐? 내 아들이 어때서. 그만하면 최고지. 그만한 능력에다

술 안 먹고 만날 친구 없으면 그게 더 문제 아니니. 네 엄마가
배가 불렀구나."

"어, 할머니 어떻게 아셨어요? 엄마 배가 자꾸 나와서 다이
어트 한다고 난리예요."

"이런! 할머니를 놀려 먹어요. 놀려 먹어."

할머니와 나는 한바탕 웃었다. 할머니는 너무 검붉어 서러
워 보이는 동백꽃을 들여다보며 말을 이었다.

"내가 가장 힘들었을 때는 네 할아버지가 아팠을 때야. 결
혼 후 월남전쟁에 참전했다 돌아온 네 할아버지 얼굴이 까만
연탄 같았다니까. 전쟁터에서 못 먹고 죽을 고비를 넘다 보니
병이 들었던 거지. 어떻게든 네 할아버지를 살리려고 좋다는
약은 다 찾아다 먹이고 음식으로 면역력을 키우려고 좋다는
보양식도 다 해 먹였어. 작은 벌레도 무서워하던 내가 안 만져
본 것이 없구나. 그리고 산상 기도원에 들어가 밤새워 기도했
지. 옛날에는 기도원이 건물이 아니라 간이천막이었어. 기도
를 드리는 중에 갑자기 비가 부슬부슬 내리기 시작하는 거야.
사람들은 하나둘 떠나고 비는 계속 내렸지. 나중에는 하늘에
서 비를 양동이로 퍼붓는 것 같았어. 그래도 차갑거나 추운 줄
도 모르고 밤새 울며 기도를 드렸지. 무서운 줄도 몰랐어. 그
때 네 고모가 어렸는데 걔 결혼식장에 손만 잡고 들어가게 해

달라고 애원했지. 얼마나 시간이 지났을까. 갑자기 단상 쪽에 놓인 책상 위로 빛이 쫙 비추는 거야. 다른 곳은 어둠이 걷히지 않는데 그곳만은 너무 눈부셔 바로 볼 수가 없었어. 살았구나. 내 남편이 살겠구나. 고맙습니다, 를 연발하면서 고개를 연신 숙였지. 한참을 그러다 정신을 차리고 보니 온몸에 흙물이 든 거야. 멍석을 깔고 앉았었는데 빗물이 흙과 섞여 옷속으로 스며들어 온통 황토물이 든 거지. 그 젖은 몸으로 어찌 집에 왔는지 몰라. 창피한 줄도 몰랐어. 그 후로 할아버지 식사에 신경을 더 썼지. 약도 중요했지만, 음식으로 살려야겠다고 생각했어. 살 수 있다는 신념이 있어서인지 힘든지도 몰랐단다. 그 후 할아버지는 건강을 되찾았고 그런대로 건강하게 잘 사셨지."

"모두 할머니 덕이네요."

"그 정도는 아니고 혹시 건강을 다시 잃을까 염려하며 산 건 맞아. 남들은 자식에게 좋은 것 먼저 준다는데 나는 아니었어. 항상 너희 할아버지가 최우선이었지."

"그래서 할아버지가 멋지셨구나. 항상 젠틀맨이셨지요."

"네 눈에도 할아버지가 멋져 보이던?"

"그럼요. 멋쟁이셨죠."

"그 잘난 모습 내게는 안 보여주고 남들에게 보여주느라 세월 다 보냈지.”

“어머, 할머니 질투하세요? 아빠가 그러더라고요. 할아버지 교수실 때 수강생들을 몰고 다니셨다고. 인기가 엄청 많았다면서요.”

“네, 아비가 그러던? 인기가 많아 집안일은 뒷전이었지. 자식 키우는 것도 내 몫이었고.”

할머니의 목소리가 다시 가라앉았다. 할아버지 이야기를 꺼낸 것은 이러려고 그런 것이 아닌데 나는 당황했다. 할머니는 서둘러 그림 도구를 정리하며 밤이 늦었으니 어서 가 자라고 손을 내저었다. 검붉은 동백꽃이 둘둘 말려 사라졌다. 나는 할머니를 격하게 안아드리고 내 방으로 건너왔다. 금방이라도 바스러질 것 같은 할머니의 가냘픈 몸의 온기가 아직도 내 손에 스며있었다.

쉽게 잠이 오지 않았다. 창문을 열고 밤바다를 바라본다. 어둠에 갇힌 바다를 등대 불이 밝힌다. 등대는 정해진 규칙대로 숫자와 텀을 두고 불빛을 반짝였다. 안개가 짙게 끼거나 비가 오는 날이면 불빛은 사라지고 소리로 제 위치를 알렸다. 내 반짝거림과 소리로 날 찾아오라고. 멀리 있는 이에게 등대는 그만의 신호를 계속 보낸다.

나는 등대 불빛을 바라보며 선배들이 나누었던 이야기를 떠올렸다. 회의가 끝나고 뒤풀이 때, 졸업한 선배들 테이블에 앉게 되었는데 그녀들은 결혼에 관해 이야기했다. 한 선배가 연경아, 너는 아직 먼 얘기지만 들어두면 좋을 거야. 아, 아니지. 연경이가 먼저 갈 수도 있지. 사랑이나 결혼은 나이와 아무 상관이 없어진 세상이니까. 나는 당황스러워 그런 일은 없을 거라는 듯 머리를 절레절레 흔들었다.

단발머리 선배가 조심스럽게 얘기했다.

"내가 만나는 남자는 일반적인 사람들의 잣대로 잰다면 결혼상대자로 아쉬운 점이 있어. 그래도 난 그가 좋아. 그가 힘이 빠져 우수에 깃든 모습을 보이면 마음이 아파. 그런데 우리 가족은 이렇게 말하는 거야. 그게 우수니? 기죽어 있는 모습이지. 뭐 비판적 의식이 강한 사람이라 그런다고. 뭐가 비판적 사고니. 매사 불만이 가득해 부정적인 말만 하고. 그래도 네가 좋다면 어쩌겠니? 혼자 사는 것보다 둘이 나을 수 있고 혹시 아니? 우리가 보지 못한 장점이 있는지. 만약 그걸 네가 봤다면…. 천만다행이라고 하더라. 이런 말을 들으면서도 그가 좋은 걸 어떡하지. 내가 살고 싶은 사람과 살겠다는데 그게 잘못된 걸까?"

다른 선배가 정색하며 말했다.

"경주야, 여러 가지 생각해 보고 시작해. 마음만으로 살기엔 쉬운 세상이 아니야."

단발머리 선배의 어깨가 살짝 올라갔다 내려왔다.

"그래도 마음만으로 시작할 때가 지금, 우리가 아닐까?"

술만 홀짝이던 한 선배가 말했다.

"경주야, 그래도 너는 낫다. 내 친구는 결혼하는데 뭐 하나 제대로 된 게 없는 거야. 걔가 결혼하려는 남자는 아직 학생이고 몸도 아파. 쉽게 나을 병도 아니래. 돈도 없어. 여자가 벌어놓은 돈으로 결혼을 준비해야 해. 그래 이것까지는 사랑의 힘이라고 봐주자. 그런데 사귀는 중에 바람까지 피웠대. 이게 말이 되니? 그래도 결혼한다니 악령에 씌었다고 볼 수밖에. 그런데 걔는 지금이 천국이래. 적어도 사랑은 악령에 씌는 정도가 돼야 찐이지."

모두 어이없는 표정을 짓다가 고개를 끄덕였다. 그때 멀찍이 건너편에 앉은 K와 눈이 마주쳤다. 그가 맥주잔을 들어 건배하자는 시늉을 보냈다. 나는 당황해 얼른 고개를 돌려 선배들을 바라봤다. 세상에나. 그냥 나도 맥주잔을 들어 건배하는 포즈를 취하면 그만인데, 본의 아니게 그를 무시한 게 되었고 난감하게 만들었다. 이게 무슨 개 같은 행동인지. 그다음부터 선배들의 이야기가 귀에 들리지 않았다. 단지 사랑 때문에 슬프거나 아플 때 선배들의 대화가 떠오를 것 같은 예감이 들었다.

    잠을 설치다 새벽녘에 잠이 들었다. 태양이 방안으로 쏟아져 들어왔다. 뜨거워 눈이 찌푸려졌다. 태양이 모든 걸 마비시킬 수 있다는 걸 할머니 집에 와서 깨달았다. 태양은 자신을 오래 바라보는 것을 허락하지 않는다. 바라볼 수가 없다. 태양을 계속 바라보면 눈이 멀 수도 있다. 태양의 절정은 뜨는 순간이다. 뜨고 난 후에는 적당한 거리를 두어야 한다. 나는 눈에 힘을 줘 뜨거워진 눈꺼풀을 들어 올렸다. 처지는 몸과는 달리 음식 냄새가 코를 자극했다. 나는 아이처럼 할머니를 부르며 부엌으로 갔다. 할머니는 식탁 가득 음식을 차리고 있었다.

    “연경아, 아침 든든히 먹고 나랑 어디 좀 갈래?”

    나는 손가락으로 멸치볶음을 집어 먹으며

    “어딘데요. 멀어요?”

    “아니, 저 아래.”

    입으로 가져가던 반찬이 뚝뚝 식탁 위에 떨어졌다. 나는 할머니가 뭘 궁금해하는지 안다. 이미 SNS에는 푸른 우체통의 답신이 오지 않는다는 글들이 올라오고 있었다. 한 달 정도면

회신을 받았는데 무슨 일인지 모르겠다는 글들이었다. 모두 푸른 우체통 주인장을 걱정하고 있었다.

할머니는 빨간 등대로 걸어갔다. 푸른 우체통은 파란 바다를 배경으로 매혹적으로 서 있었다. 할머니는 푸른 우체통이 잘 보이는 계단참에 앉았다. 무심히 바다를 바라보는 것 같아도 할머니의 시선은 푸른 우체통 주변을 맴돌고 있었다. 관광객들로 보이는 한 무리의 사람들이 푸른 우체통 앞에 모여 섰다. 이게 그 유명한 푸른 우체통이야. '고민 해결사'라며. 나도 적어 볼까. 참 요지경 같은 세상에 살다 보니 이런 우체통에다 도움을 요청한다니 웃기는 일이지. 얼마나 사는 게 힘들고 불안하면 그러겠어. 그런데 요즘 답신이 안 온다고 하던데, 왜 그러지? 사람들이 주고받는 이야기를 할머니는 무심하게 듣고 있었지만 나는 안다. 할머니의 눈빛이 타오르고 있다는걸.

전화로 할아버지가 위중하다는 소식을 전하며 아빠에게 할머니는 울부짖었었다.

"그게 뭐가 그리 중해서. 그게 뭐라고. 태풍이 온다고 그리 가지 말라고 했건만, 나를 속이고 안 갈 것처럼 나보고 들어가 자라고 등을 떠밀어 놓고 그 폭풍우를 뚫고 편지를 가져와야만 한 이유가 뭐냐고? 그래 내가 알지. 알기에 내가 가져다주겠다고 소리를 질러댔어. 내가 네 아버지에게 미친 짓 그만하고 정신 차리라고. 그랬더니 안 가겠다고 서재로 들어가더라. 나는 넌덜머리가 났어. 내리치는 폭풍우도 무섭고 너의 아버지의 집요한 집착도 징그러웠어. 그래서 수면제를 입에 털어 넣고 잠을 잤어. 아주 한낮이 가까워져 올 때까지 실컷 잤다. 깨보니 네 아버지가 고열에 덜덜 떨면서 앓고 있더라. 그래 알겠지. 너의 아버지의 무모한 애욕을. 그 밤에 무섭도록 몸을 휘감는 폭풍우를 뚫고 푸른 우체통으로 간 거야. 그 빌어먹을 우체통으로. 비바람을 정통으로 맞은 거지. 병이 안 나면 그게 더 이상한 거야. 독감이 폐렴으로 전이되고 자, 봐라. 너의 아버지 모습을."

할아버지는 끝내 일어나지 못하고 돌아가셨다. 할아버지가 돌아가시고 난 후, 바다 쪽으로 고개도 돌리지 않던 할머니가 푸른 우체통을 바라보고 있었다. 할아버지 삶의 의미이기도 했던 푸른 우체통. 고민 있는 만인의 친구가 되어 줬던 푸른 우체통의 주인장을 추억하고 있었다.

나는 난간에 기대어 바다를 바라봤다. 바다 위로 돌출된 작은 바위에 물결이 부딪쳐 파도가 일었다. 눈에 보이는 바위는 작지만, 물속에 잠긴 바위는 거대할지도 모른다. 바다 수면으로 올라온 조그만 돌덩이를 보고 그걸 다 안다고 우린 착각하기도 한다. 물결 위로 K의 얼굴이 떠올랐다. 그 옆에 활짝 웃고 있는 정아의 얼굴도 보였다. 정아가 얼마나 새침한지, 예쁜 건 화장발이라는 것, 날씬한 몸매가 타고난 게 아니라 굶어서라는 걸 K는 모르겠지. 나는 심통이 나 가슴이 벌렁거렸다. 에이, 그래 둘이 사귀어라. 사귀어. 나는 할머니를 찾았다. 할머니는 한 곳을 뚫어지게 바라보고 있었다. 나는 할머니의 시선을 좇았다. 한 여자가 우체통 주위를 서성이고 있었다.

여자는 어딘가 낯이 익었다. 커다란 모자로 얼굴을 가렸지만 맞다. 며칠 전 강연했던 여자다. 그녀는 양쪽 주머니에 손을 찔러 넣고 우체통을 맴돌다 홱 몸을 돌려 난간 쪽으로 걸어가 바다를 바라봤다. 그런 여자의 뒷모습을 할머니가 바라봤다. 여자가 몸을 돌려 빠른 걸음으로 푸른 우체통 앞에 섰다. 주머니에서 흰 봉투를 꺼내 우체통에 황급히 집어넣었다. 저러다 편지를 떨어뜨리면 어쩌나 조마조마했다. 다행히 편지는 안전하게 우체통으로 들어갔다. 인생을 달관하듯 말하던 여자도 푸른 우체통에 편지를 넣다니. 놀라운 일이었다. 여자는 뒤도 돌아보지 않고 고개를 숙인 채 바삐 우리 시야에서 사라졌다. 그날 모두가 잠든 밤, 물론 등대가 불빛을 반짝이고 있던 그날 밤, 나는 푸른 우체통으로 걸어가는 할머니를 목격했다.

　다음 날, 굳게 닫혔던 서재 문이 열렸다. 방안은 온통 책들로 가득했다. 할아버지는 만물박사가 되려 했는지 문학, 상식 서적뿐만 아니라 분야별 전문 서적까지 책꽂이에 빽빽하게 꽂혀 있었다. 입이 딱 벌어졌다. 마치 작은 도서관을 옮겨놓은 듯했다. 할머니는 먼지를 털고 구석구석을 닦아 냈다. 종이 먼지가 얼마나 나는데, 이 먼지를 다 먹고 일했으니 폐가 고장이 나지. 할머니는 혼잣말로 속을 털어내고 있었다. 저러다 할머니가 병이 날까 봐 겁이 났다. 하지만 할머니를 뜨거운 열기가 휩싸고 있는 듯해 막을 수가 없었다. 청소를 마친 할머니는 문을 닫고 서재에서 밤늦도록 나오지 않았다.

　저녁을 드시라고 몇 번이나 말해도 대답이 없던 할머니는 힘이 다 빠진 허깨비가 되어 서재를 나왔다. 그리고 쉬어야겠다며 안방으로 들어갔다. 이미 식은 저녁 밥상을 나는 소리 나지 않게 치웠다.

　한밤중에 괴이한 소리에 눈을 떴다. 바람 소리인지 파도 소리인지 분간이 안 가는 소리였다. 자세히 귀를 기울이자 할머니 방에서 흘러나오는 울음소리였다. 놀라 할머니 방문 앞에서 서성거렸지만 차마 문을 열 수가 없었다. 나는 발소리를 죽여 내 방으로 돌아와 웅크리고 앉아 다리에 얼굴을 묻고 울었다. K에게 내 마음을 한 번도 표현 못 하고, 묻어두어야 할 것 같아서. 세차게 부는 바람과 파도 소리에 할머니와 나의 울음소리가 더해져 소용돌이쳤다. 무섭고 서러운 소리였다.

다시 서재 문이 닫혔다. 할머니와 나는 흔들의자에 앉아 등대와 푸른 우체통을 바라봤다.

"할머니, 그 여자가 답장을 기다리고 있지 않을까? 오지 않는 답장을 기다리는 건 희망 고문인데…."

할머니는 눈을 동그랗게 뜨며 의아해했다. 그리고 무심하게 말했다.

"자신을 잘 모르는 사람에게서 조언을 듣는 게 도움이 되겠어? 전문지식도 없고 자세히 알지도 못하면서 말했다가 상처만 더 줄지도 모르지."

"아니야. 할머니. 힘들 때 누군가 자기 얘기를 들어만 줘도 살 힘이 생긴다잖아. 나를 이해하는 사람이 있구나 싶어서. 할머니는 고민 없었어요?"

"나, 그런 것 없는데. 어렸을 때야 세상이 다 힘들었으니 그렇다 치고. 결혼은 원하는 사람과 했으니 성공이고, 자식도 잘

자라 줬으니 만족하고. 그러고 보니 딱히 고민은… 그런데 내가 아는 여자가 있는데 참, 기구한 삶을 산 여자가 있어."

나는 호기심이 일어 빨리 이야기해달라고 할머니 쪽으로 몸을 기울였다. 할머니는 바다를 한참 바라보다 대수롭지 않은 듯 말했다.

"아주 흔해 빠진 얘기지. 남편이 바람이 난거지. 제자하고. 훗날 여자가 그 사실을 알고 남편을 괴롭히며 살았대. 남자가 뭐가 모자랐는지, 아니면 그 바람이 너무 행복했던지 여자가 닦달하면 자기들이 좋았던 얘기를 들려주었대. 미치는 거지. 잠도 못 자고 불면증에 시달렸대. 그런데도 떠나지 못하고 남편 수발들면서 살더라. 놀다가도 밥때 되면 제일 먼저 일어나는 여자가 그 여자야."

"할머니, 그런 여자가 어딨어요? 아니면 진짜 사랑했나? 남편을."

"글쎄…. 사랑은 개뿔. 눈에 뭐가 씌어 산 거지. 콩깍지가 벗겨지지만 않는다면 좋지. 영원히 보고 싶은 것만 보고 살 수만 있다면. 저 우체통을 찾는 사람들을 봐라. 다 보고 싶지 않은 걸 보게 돼서 문제가 생긴 게 아닐까. 삶이 어찌 보고 싶은 것만 보고 살 수 있겠니. 백골이 진토 되어 넋이 있든 없든 일편단심으로 살다가도 이런들 어떠하리 저런들 어떠하리, 만

수산 드렁칡처럼 사는 게 인생이지. 황희 정승이 별거냐, 요즘 다 황희식으로 살더라. 네가 옳구나, 너도 옳구나. 그래도….”

나는 웃음을 터뜨렸다. 할머니도 따라 소리 내 웃었다. 웃음 속에서 울컥 뜨거운 것이 올라왔다.

“할머니, 우리 집에는 ‘들켜버린 비밀’이 있잖아요. 나는 그 비밀이 엄청나게 자랑스러웠거든요. 그 비밀이 사라지는 게 슬퍼요.”

할머니의 얼굴에서도 웃음기가 걷혔다.

“네 할아버지의 비밀을 들여다보면 안타까운 게 많아. 마음이 아리고 애달픈 사연이 마치 한 편의 시야. 하루하루를 시처럼 사는 사람도 있구나. 질투가 났다가도 막 눈물이 나는 거야. 글이 아름다워서. 이런 감정에 빠져 사는 사람들은 얼마나 행복할까. 그리움 자체가 행복인 거지.”

나는 할머니의 말을 도통 알아들을 수가 없었다. 할머니의 말은 바닷속에 감춰진 바위가 머리통만 살짝 보여준 것 같았다. 할머니가 먼바다를 바라보며 말했다.

“그 여자가 그러더구나. 아무 감정 없이 무의미하게 산 것보다 남편의 여자에 대한 질투와 미움으로 전쟁처럼 살았으니 진짜 산 것 아니냐고. 그 연놈에게 고맙다고 해야 하냐라고. 너희들이 그리 사랑한다고 하더라도 나는 너희를 품었다. 내

덕에 너희는 사회적으로 성공한 사람으로 살 수 있었던 것 인
정하라고. 그래, 너희들의 연서가 눈물 나도록 아프더라. 사
람들의 눈을 속이고 편지로 왕래하며 남자의 사상을 여자의
입으로 세상에 내놓으며 사는 것. 참으로 가엽구나. 사랑하는
데 헤어져 못 만나니 어찌 슬프지 않겠니. 너희가 내 남편이
아니고 내 남편의 내연녀가 아니라면 나도 너희들의 사랑을
응원하고 아름답다고 했을지도 모른다. 남의 일이니까. 그러
나 나는 안 되더라. 정말 안 되더라.

그런데 이제 나는 너희를 응원한다. 살아 보니 별것 아니더
라. 마음먹기 달렸다고 하더니만 남편이 저세상으로 가고 나
니 내 마음도 넉넉해지더라. 하루빨리 너희가 천국에서 만나
못다 한 사랑을 하길 기원한다. 이러더라. 참."

나는 어처구니가 없었다.

"할머니, 그럼, 그 여자 빨리 죽으라는 거 아니에요?"

"글쎄, 그런 소리니? 나는 잘 모르겠는데."

할머니의 천연덕스러운 표정에 웃음이 터졌다. 깔깔대는
나에게 할머니는 진지하게 말했다.

"그 여자가 고통받으면서 헤어지지 않고 산 것도 사랑의 한
방식이고 선택에 대한 책임이었을 거야. 그 여자도 자신의 방
식대로 사랑하면서 산 거지."

34

시원하게 불어온 바닷바람이 할머니 말을 감쌌다.

"연경아, 무조건 많이많이 사랑해라. 아끼지 말고 마음껏 사랑해라. 사랑해서 사랑을 잃은 것은 전혀 사랑하지 않은 것보다 낫다고 하더라. 하지만 누굴 만나든 남의 것은 탐하지 마라. 사랑이라고 모든 것에 면죄부를 주지는 않아. 아니, 나도 남의 것을 탐할 마음이 생길지 모르니 아무 말도 할 수가 없구나."

나는 숨이 넘어갈 정도로 까르르 웃어댔다. 할머니도 자신이 한 말이 웃겼는지 민망한 표정을 짓다가 큰 소리로 웃었다. 나는 웃음이 가득한 할머니의 손을 살며시 잡아 내 가슴에 가져다 댔다. 할머니가 빤히 내 얼굴을 쳐다봤다.

"나는 할머니가 동백꽃 그릴 때가 가장 행복해 보여요."

"그래, 너 동백 잎사귀 봤지. 잎이 단단하고 빛이 나지 않던? 꽃이 없어도 잎사귀 자체만으로도 당당해 보이지. 물론 붉은 꽃이 함께 있으면 더욱 좋고. 난 비바람을 이기고 나무에서 떨어지지 않고 버틴 꽃도 좋지만, 자신의 자태를 흐트리지 않고 미련 없이 뚝 떨어져 버리는 동백꽃도 좋더라. 너도 알지. 태풍이 몰아칠 때, 우리 집이 어찌 변하는지. 모든 게 다 무너지고 휩쓸려 사라질 것 같지. 태풍으로 뒤집힌 바다를 봤니? 짙은 회색빛 거품 덩어리가 산처럼 밀려오는 것을. 그 순간을 버티고 나면 구름 한 점 없이 쾌청한 하늘과 바다가 다가오지. 그 뒤의 모습을 알기에 이곳을 지켰는지도 몰라. 그러고 보면 나도 들려줄 말이 많구나."

할머니의 달뜬 말에 나는 의아했고 할머니는 더는 아무 말도 안 했다. 한참을 등대와 푸른 우체통이 서 있는 바닷가를 바라보다 밤이 깊었다며 그만 들어가자고 했다.

할머니는 다음날부터 할아버지 서재에 머무는 시간이 길어졌다. 나는 한 학기 휴학계를 내고 할머니 곁에 더 머물기로 했다. 할머니는 극구 말렸지만 내 인생에 있어 할머니와 함께하는 시간이 더 소중했다. 할머니를 위해 따끈한 차를 끓이고 과일을 깎아 서재 앞 테이블에 올려놓고 세게 풍경을 울렸다. 그리고 바닷가를 거닐었다.

머릿속에서 상념을 지우고 내가 누구인지 찬찬히 들여다보려 했다. K와 정아의 달달한 이야기들이 올라오는 단톡방에 신경이 안 쓰인다면 거짓말이지만 차츰 무뎌져 갔다. K가 사람 볼 줄 안다. 정아는 이성적이라 사리 판단을 잘하고 의지가 강해 자기 자신도 예쁘게 가꿀 줄 아는 사랑스러운 사람이다. 나의 짝사랑이 싱겁기도 하다. 하지만 좀 더 아파하는 건 괜찮지. 이건 내 맘이니까.

아픈 마음은 접어두고 지금은 할 일이 있다. 서둘러 집으로 돌아와 서재 앞에 놓인 가방을 메고 챙이 넓은 모자를 푹 눌러쓰고 우체국으로 갔다. 편지를 부칠 때 담당 공무원은 놀라 의아한 눈으로 나를 쳐다봤지만 이내 아무 말 없이 편지를 접수했다. 그리고 고마워요, 라고 작고 낮은 목소리로 빠르게 말했다.

SNS에서는 몇 달 동안 끊겼던 푸른 우체통의 답신이 오고 있다고 열광했다. 그런데 답신이 뾰족하고 날카로워졌다는 말들이 올라왔다. 폐부를 찌르는 말이 맞는 말인데 야단맞는 기분이란다. 그리고 어느 날부터 통쾌하고 웃음이 빵 터지는 답신이 온다는 거였다. 마치 할머니가 해주는 사랑 담뿍 담긴 다독거림 같은 거라나. 글 맨 끝에 있는 그것이 감동이라고 말들 했다. 나는 너무 궁금했다. 마지막 줄을 장식하는 시그니처가 무엇일까? SNS에 올라온 얘기들을 이리저리 맞추면 할머니는 푸른 동백나무를 그려주고 있었다. 푸른 동백나무는 꽃이 피기 전인지, 지고 난 후인지는 알 수 없지만, 꽃이 없다는 것은 머지않아 동백꽃이 필 거라는 희망을 주는 것이다. 나는 푸른 동백나무가 자꾸 서재로 종종걸음쳐 들어가는 걸 환영처럼 보고 있다.

할머니는 이제 할머니 세상에 산다. 푸른 우체통을 찾는 사람들에게 할머니가 알고 있는 세상의 이치를 들려주고 있다. 할머니의 언어로 말이다. 그것은 많은 학식으로 가능한 게 아니라 평생을 인내하며 살았기에, 상처받은 이들의 마음을 말랑하게 풀어주고 세상을 유연하게 바라볼 수 있는 용기를 주는 것이다.

푸른 우체통을 바라보다 심쿵한 생각이 파도처럼 일어났다. 할머니와 나에게 미친 사랑이 찾아올지도 모른다. 그럼, 바다를 품듯 가슴을 열고 맞자고 해야겠다. 빨간 등대와 하얀 등대 사이로 작은 배가 바다를 향해 나가고 푸른 우체통을 향해 누군가 다가가고 있다.

멘도사

초겨울의 거리는 한산하고 바람은 찼다. 버스 정류장과 지하철로 이어지는 갈림길에서 발걸음을 멈췄다. 나는 두 길을 번갈아 바라보다 비닐 가방에 담긴 화분 속 멘도사를 들여다봤다. 잎이 비닐에 쏠리지 않도록 조심스럽게 고쳐 들고 버스 정류장으로 향했다. 지금까지 나는 어딜 가든 고민 없이 짧은 시간이 소요되는 길을 선택했었다. 그게 당연했다. 지하철은 정확한 시간에 나를 약속 장소에 데려다줄 것이고 버스는 불확실했다. 그런데 목적지로 가는 방법 중 가장 불확실한 방법을 선택한 이유는 뭘까? 길이 막혀 늦는다면 페르세우스는 떠날지도 모른다. 이 만남이 비껴가길 바라는 걸까. 뒤숭숭한 마음이 튀어나오지 않게 옷깃을 단단히 여미고 한 번도 타본

적 없는 노선의 버스를 기다렸다. 이 방법이 가장 합당하다는 듯 버스가 오는 방향으로 고개를 빼고 바라봤다. 누군가 나를 지켜봤다면 기다리는 버스가 오지 않아 안달하는 여자처럼 보일 수도 있었다.

눈이 따갑다. 실눈을 왕방울 눈으로 만들던 광고 속 아이섀도를 속눈썹 위에 검게 칠했더니 눈이 시리다. 애써 찬바람 때문이라고 눈을 껌뻑여 본다. 단화를 벗어 던지고 신은 힐에 발이 쪼인다. 바바리코트와 머플러, 핸드백도 붙박이장 안에서 오랜만에 나온 것들이다. 내 몸에 걸친 모든 것은 이십여 년 전 과거에서 불려 나와 어색하게 삐거덕거렸다.

버스는 복잡한 도심지를 벗어나 가을걷이가 끝난 들판을 달렸다. 농작물을 키워낸 땅들이 휴식을 취하고 있었다. 무성한 나뭇잎들이 떨어지자 세상은 선명하게 드러났다. 빈 가지로 홀가분하게 서 있는 나무로 인해 집과 마당, 장독대, 비닐하우스, 낡은 창고, 멀리 도색이 벗겨진 건물들이 한눈에 들어왔다. 새삼 나뭇잎이 얼마나 세상을 안정감 있고 풍요롭게 만들어 주었는지 알게 되었다. 다 떨어져 텅 비고 나니 보였다.

큰 도로를 달리다 버스는 샛길로 접어들었다. 숨겨진 마을이 나타났고 마을의 중심지를 달리던 버스는 다시 큰 도로로 나왔다가 샛길로 접어들기를 반복했다. 나는 미처 몰랐다. 큰 도로 뒤에 숨은 마을들이 이렇게 많다니. 슬쩍 핸드폰을 열어 시간을 확인했다. 늦지는 않았다. 하지만 큰 도로 뒤에 숨은 마을이 얼마나 있는지 모른다. 그렇다면 그만큼 불확실성이 커진다. 불확실성은 사람에게 두려움을 주지만 그것을 감내하는 것이 인생이라고 했다. 나는 품에 안은 멘도사로 두려움을 누르고 그 불확실성의 세계로 향하고 있었다. 버스는 낯설고 복잡한 마을 길을 느리게 달리다 멈추기를 반복했다. 그때마다 내 심장이 빠르게 뛰었다.

페르세우스는 식물원 앞 카페에서 만나자고 했다. 나는 잠시 컴퓨터 화면에 뜬 그의 쪽지를 뚫어지게 바라보다,
　−저는 가본 적이 없는데요.
라고 느리게 자판을 두드렸다. 그의 말이 글자로 바로 나타났다.
　−그럼 잘 됐군요. 낯선 곳에서의 만남도 좋지요. 사실 저도 오래전에 가본 곳이라 어떻게 바뀌었을지 궁금합니다. 그 집은 연잎 차를 잘 끓여주거든요. 혹시 그 집이 없어지지는 않았겠지요?
　뭐 이런 사람이 있나 싶었다. 예전에 가본 카페로 약속을 잡고 없어졌을지도 모른다니. 그런데 그 말이 싫지 않았다. 그다웠다. 이 만남 자체가 불필요한 것일 수도 있고 모든 것에

는 끝이 있기 마련이니 그곳이 사라졌다면 사라진 대로 좋다고 생각했다. 근처에 있는 식물원은 만남의 목적에도 적절한 장소였다. 그가 다른 곳을 떠올리자 나는 그의 말을 막았다.

─아니에요. 그곳이 좋겠어요.

그는 오후 4시에 만나자고 했다. 근처에 일이 있어 그 시간이 좋겠다고 했다. 무슨 일을 하기에 근처에서 일이 있는 걸까? 궁금했지만, 묻지 않았다. 지나친 호기심은 금물이다. 궁금해하는 것도 이상한 일이다. 내가 그를 만나는 이유는 단 한 가지. 지금 죽어가는 나의 사랑, 멘도사를 살리기 위해서이다. 다육식물에 해박한 지식을 가지고 있는 그의 손이 필요할 뿐이다. 나는 무릎 위에 놓인 멘도사를 가만히 들여다봤다. 손톱만 한 잎끝이 누렇게 시들고 물러 있었다. 미간이 절로 좁아졌다.

다육식물에 관심을 갖게 된 것은 두 아들이 집을 떠나면서였다. 작은아들은 군에 입대를 했고 몇 년을 취업 준비로 힘들어하던 큰아들은 취업을 하자마자 혼자 살아보겠다고 회사 근처로 자취방을 얻어 나갔다. 아들은 자신의 독립을 나를 부르는 호칭으로부터 시작했다.

"이제 어머니도 어머니 인생을 즐기셔야죠."

엄마라 부르던 어린 아들은 그렇게 선심 쓰듯 말하고 제 물건을 챙겨 나갔다. 아직도 아들의 방은 가구와 책, 옷가지들이 가득했지만, 꼭 필요한 알맹이만 빼간 방은 빈 것이나 다름없었다. 집안은 고요해졌다. 두 아들의 방만 빈 것이 아니라 집안이 온통 비어 버렸다. 늘 북적대던 공간에 남편과 나, 둘이 남았다.

아들이 떠난 후, 굳게 닫아놓았던 방문을 열었다. 창문을 통해 쏟아진 햇빛이 방안을 환하게 밝혔고 그 빛에 먼지들이 희부옇게 떠다녔다. 빛을 등에 진 채 창틀에 놓인 화초가 눈에 들어왔다. 기이하게도 여러 개의 팔처럼 생긴 줄기가 꿈틀대며 내게로 뻗어왔다. 뒷걸음치며 놀라서 아들에게 전화를 걸었다. 이게 대체 뭐냐고 묻자 아들은 이름을 말해주었다.

"뭐? 메두사!"

"아이고 참, 어머니 멘도사요. 멘도사!"

아들은 어이가 없다는 듯 웃음을 터뜨렸다.

"메두사의 머리카락처럼 줄기가 뻗어 있잖아. 끝에 달린 잎은 마치 뱀의 얼굴 같은데."

"어머니, 다육이를 보고 메두사라니요. 아무튼 잘 키워 주세요."

멘도사는 손톱만 한 잎이 꽃잎처럼 겹겹이 모여 마치 한 송이의 꽃과 같았는데 그곳에서 줄기가 나무처럼 목질화가 되어 이리저리 뻗어 내 눈에는 메두사의 머리카락처럼 보였다. 가까이에서 찬찬히 들여다보면 앙증스럽고 예쁘지만, 전체를 보면 이미지가 아무리 봐도 메두사였다.

아들이 떠난 자리에 남은 괴이한 멘도사를 어떻게 키워야 할지 난감했다. 인터넷에서 다육이를 치자마자 정보가 쏟아졌다. 세상에 이렇게 다양한 다육이들이 있다니. 비어 있던 내 눈동자가 다육이들로 가득 찼다.

아침에 남편이 출근한 후, 멘도사를 거실 테이블 위에 올려놓고 커피를 마시며 들여다보았다. 줄기 끝에 달린 잎들이 오늘은 꽃송이로 보인다. 어찌 이리 예쁜 것을 메두사로 보았을까 의아했다.

사람들은 다육이를 애완식물, 심지어 반려초라고도 했다. 애완동물과 반려동물은 들어봤어도 식물에게까지 마음을 주고 위로를 받으려 하다니. 다육이는 움직이지 않아 말썽 피울 염려도 없고 물을 자주 주지 않아도 되고 죽어도 작아서 죄의식이 적을 테니까 키우는 사람이 많은 건가 싶었다. 입안을 향기롭게 물들였던 커피의 끝맛이 쓰게 올라왔다.

나는 멘도사를 식물로 대할 것이다. 내가 물과 햇빛과 흙을 주면 멘도사는 맑은 공기와 산뜻한 분위기를 만들어 주는 것으로 족하다. 서로의 역할을 분명히 했음에도 나는 다육이 카페에 들어가 다육이를 구경하고 무심히 지나치던 집 앞 화원에도 들러 다육이를 살폈다. 직접 보니 더 사랑스러웠다. 주인 여자는 내가 화원을 나설 때 품에 다육이를 안고 나갈 수밖에 없을 만큼 살랑댔지만 나는 멋쩍은 미소를 띤 채 빈손으로 나왔다. 애완식물이란 말이 떠올라 선뜻 다육이를 살 수가 없었다.

페르세우스를 만난 것도 다육이 카페였다. 그곳에서 사람들이 올린 다육이 사진 밑에 '잘 키우셨네요'라고 댓글도 달았다. 모르는 사람들에게 내 생각을 드러내는 것이 어색해 망설여졌지만 고맙다는 댓글이 달렸을 때 마음속에 봄바람이 불어왔다.

그러던 어느 날 다육이 사진을 보다 나도 모르게 소리를 질렀다.

"메두사! 아니 멘도사!"

쭉쭉 뻗은 줄기에 뱀처럼 생긴 멘도사가 싱싱하게 달려있었다. 마치 유혹이라도 하듯 매혹적이었다. 누가 올렸나 봤더니 닉네임이 '페르세우스'였다. 소름이 돋았다. 메두사의 목을 친 영웅, 페르세우스. 그럼 그도 멘도사를 보고 메두사를 떠올린 걸까? 나는 한참 동안 줄기를 뻗어 유혹하는 멘도사와 그의 주인 이름을 뚫어지게 바라봤다. 그리고 조심스럽게 댓글을 달았다.

　─멋진 멘도사네요.

　그의 댓글이 달렸다.

　─제가 좋아하는 다육입니다. 키우기가 쉬워서 국민다육이라고 하지요. 물을 자주 안 줘도 잘 크지만 조금만 건드려도 잎이 떨어져 버려요. 강한 이면에는 연약함이 숨어있어요. 씩씩하다고 무관심하면 안 돼요.

　─멘도사를 진짜 좋아하시나 봐요?

　─멘도사는 돌보지 않아 웃자라도 오랜 시간이 지나면 줄기가 단단해지고 갈색으로 변해 나무처럼 멋진 모습으로 성장하지요. 하지만 줄기가 약해 꺾일 수 있어요. 단단해지기까지 시간이 필요해요. 멘도사는 몸으로 이야기를 들려줍니다. 인고의 시간 뒤에 오는 아름다움을요.

　나도 모르게 그가 올린 글을 읽으면서 입꼬리가 올라가고 마음에 불이 켜졌다.

　나는 늦게까지 TV를 켜놓고 소파에 멍청하게 앉아 있다 꼬박꼬박 졸곤 했다. 그러다 베란다로 나가 다육이를 살폈다.

자주 들여다봐서 어떤 변화가 있는지 잘 모르겠다. 그래도 의미가 있다. 살피고 본다는 것은 관심이 있다는 것이니까.

현관문 열리는 소리가 들렸다. 남편이 집에 들어왔다. 그러나 자리에서 일어날 수가 없었다. 페르세우스가 새 글을 올렸기 때문이었다. 인사말에 불과한 두 줄의 문장에 묶여 나는 아무것도 할 수가 없었다. 내가 일어나지 않아도 남편은 나를 찾지 않는다. 샤워기에서 물 쏟아지는 소리가 들렸다. 거실을 오가는 그의 움직임이 느껴졌지만 조금 후면 조용해질 것이다. 남편은 나를 찾지 않는 것이 최대의 배려라고 생각하는 것 같다. 지금은 그의 생각에 나도 동조한다.

남편과의 관계가 처음부터 뒤틀렸던 것은 아니었다. 우린 서로가 갖지 않은 면을 발견하고 사랑의 감정에 빠졌다. 덤벙대고 허당기가 있는 내게 남편은 완벽하고 든든한 울타리가 되어 주었다. 처음 가는 장소도 헤매지 않고 정확하게 제시간에 도착하게 했다. 언제나 모든 것이 준비되어 있었다. 그가 하는 대로 따라만 가면 되었다. 그의 선택과 결정은 항상 나를 위한 것이라 불만이 있을 리 없었다. 그만큼 그의 사랑은 완벽했다. 그와 나는 약속했다. 상대방의 입장에서 먼저 생각해 주면서 살자고.

그런데 결혼 후 그는 내가 알던 사람이 아니었다. 어쩌면

48

내가 보고 싶은 부분만 보고 그를 전부 안다고 했는지도 모른다. 나는 그를 오해했다. 내가 동경하는 모습으로 그를 생각했다. 생각의 오류를 범한 것이다. 그는 모든 게 제자리에 있어야 하고, 흐트러짐이 없어야 했다. 느슨하게 늘어져 있는 꼴을 보지 못했다. 아이들이 우는 것도 참지 못하고 소리를 질러댔다. 아빠의 소리에 놀란 아이들이 더 크게 울면 남편의 소리도 더 커졌다. 집안은 고함소리로 터져버릴 것 같았다. 나는 이 상황을 어찌 견뎌야 할지 몰라 허둥댔다.

우리 집에는 사람들이 수시로 찾아왔다. 고향에 계신 시부모님이 올라오면 일가친척들이 다 모였다. 집안에는 사람들이 넘쳐났고 나는 일이 버거워 남편에게 하소연 한 적도 있었다. 남편은 내 말을 받아주기는커녕 항상 침묵으로 일관했다. 내 숨통을 트이게 하는 것이 아이들이었다. 나도 남들처럼 아이들 키우는 데 열정을 쏟았고 그 덕에 딴 곳에 신경 쓸 겨를이 없었다. 그의 이해할 수 없는 행동도 스쳐 지나갔다. 그렇게 시간은 흘렀다.

그 사이 남편도 회사를 나와 중고 자동차 딜러를 하고 있다. 남편과 중고 자동차 딜러는 너무나 생뚱맞아 보였다. 깐깐하고 남의 얘기를 잘 들어주지도 않는 그가 상대방 비위를 맞추면서 그것도 중고 자동차를 판다고. 내가 어떤 반응을 보였는지 기억이 없다. 흔쾌하게 찬성을 하거나 잘할 수 있을 거라고 응원의 말을 건네지 않은 것만은 분명하다. 남편은 깔끔한 정장 차림으로 바람에 머리카락이 한 올이라도 날리면 큰일이 날 것처럼 무스를 발라 매끈하게 정돈하고 집을 나섰다.

남편은 말이 없었다. 표정도 없었다. 반듯하고 정확한 것을 좋아했던 남편이긴 하지만 처음엔 웃음도 많은 남자였었다. 그가 언제 저렇게 변했을까. 반응 없는 얼굴에 상처받기 싫어 궁금해도 묻지 않았고 묻지 않으니까 궁금한 것도 사라졌다. 각자 자기 일에 충실했다. 충실하니까 부딪칠 일이 없었다. 남편은 이른 새벽 나갔다 늦은 밤에 들어와 잠만 자고 옷만 갈아입고 나갔다.

남편이 날씨가 춥다고 좀 더 두꺼운 와이셔츠를 찾았다. 오늘은 없으니 그냥 입고 내일 준비해 놓겠다고 했다. 그의 표정이 싸늘해졌다. 나의 충실함에 흠집이 난 것인가. 그는 신경질적으로 와이셔츠를 낚아채 목 끝까지 단추를 채웠다. 그의 날렵한 목이 조여졌다. 그런데 숨이 안 쉬어지는 것은 나였다. 그는 내가 준비해 놓은 반짝이는 구두코를 밟고 신발장 문을 열어 방한용 구두를 찾아 신었다. 그가 나가자 현관문이 부서져라 닫혔다. 예전 같으면 나는 두꺼운 와이셔츠를 찾기 위해 옷 방으로 달려갔을 것이다. 닫힌 문을 빤히 바라보다 겉옷을 걸치고 밖으로 나왔다. 문을 닫는 순간 남편이 남긴 소리보다 더 큰 소리가 내 귀를 때렸다.

집 앞 화원으로 향했다. 눈으로만 탐했던 강렬하고 화려한 레드썬 다육이를 거침없이 집어 들었다. 주인 여자가 뭔 일이 있냐는 듯 눈동자를 굴렸다. 베란다에 내놓은 테이블 위 멘도사 옆에 레드썬을 놓았다. 멘도사의 현란한 모양과 레드썬의 강렬함은 쏟아지는 햇빛이 조명이 되어 가라앉아 있던 베란다를 황홀하게 불태웠다. 그제야 긴 숨을 토해 낼 수 있었다.

다육이가 하나둘 늘어갈수록 다육이 카페에 들어가는 시간과 횟수도 늘어났다. 반려식물이 된 다육이를 보면서 마음의 안정을 찾아갔다. 그리고 페르세우스가 올린 글에 한참씩 머물고 언제 그가 글을 올릴까 초조하게 기다렸다. 페르세우스의 글이 올라왔다. 깜빡이는 커서를 보면서 엔터키를 누르는 손가락이 떨렸다.

─다육이와는 반대되는 거대한 식물을 구경하세요.

그가 사진과 글을 남겨 놓았다. 거대하게 활짝 핀 꽃잎 속에서 노란 꽃술이 뾰족하게 올라와 있었다. 옆에선 사람의 키가 꽃잎의 높이보다도 작았다. 이 거대한 꽃은 '아모르포팔루스 티타늄'이라는 식물로 완전히 꽃을 피우기 위해서는 약 7

년이 걸리는데 피고 난 후, 이틀이 지나면 꽃은 져버린다고 한다.

— 단 이틀을 위해 7년을 견디며 사는 식물이라⋯.

그가 찍은 점 속에 묻힌 의미를 찾아 집안을 서성였다. 그는 그 점에 무슨 말을 삼킨 걸까?

어느 날은 '스타펠리아 그랜디플로라'라는 다육이 사진을 올렸다. 이것은 사막에서 붉은색 털이 난 꽃을 피워 동물의 사체처럼 위장해 벌레가 모여들면 그걸 먹고 수분을 보충한단다.

— 털 복숭이 꽃을 피우는 식물⋯ 먹이라고 달려드는 벌레들⋯ 그걸 키우는⋯.

나는 또 점에 묻힌 그의 생각들을 캐내려고 집안을 서성였다. 다 알려진 식물이고 다 알만한 생각들이 점 속에 담겼다는 것을 앎에도 불구하고 새롭고 즐거웠다.

그는 친절했다. 다육이를 키우는 방법들을 동영상으로 찍어 올렸다. 그의 목소리가 들리지 않는 것이 유감이었다. 그의 소리는 다정하게 문자로 찍혀 나왔다. 나는 1분 34초에서 멈춤과 스타트를 반복했다. 1분 45초가 지나면 다시 되돌려 1분 34초에 맞춘다. 그 화면에서 나의 시선이 머무는 곳은 다육이를 분갈이하기 위해 잡고 있는 그의 손이었다. 조심스럽게 다육이를 집은 손이 따뜻해 보인다. 어디서 본 듯한 부드러운 손. 나는 몇 번이고 그 장면을 되돌려 보았다.

잎이 시드는 다육이를 자세히 보려고 화분을 식탁 위에 올려놓았다. 출근길에 물을 마시려던 남편이 고개를 갸우뚱댔다.

"다육이네. 그거 키우려고?"

나는 남편을 멍하게 바라봤다.

"작다고 소홀하게 대하면 안 돼."

여태껏 베란다에 있는 다육이들을 못 보았나? 하긴 그가 베란다에 나갈 이유가 없긴 했다. 아무 말 없이 쳐다보자 그는 어깨를 으쓱거리고 출근해 버렸다. 나는 서둘러 다육이 카페 문을 열었다. 페르세우스의 글이 올라와 있었다. 따뜻한 그의 글에 입술이 말랐다.

그가 춤추는 무풀[舞草] 모습을 동영상으로 올렸다. 춤추는 풀이라니, 정말 신기한 것이 많았다. 음악에 맞춰 식물의 잎들이 위, 아래로 움직였다. 그의 글이 눈길을 끌었다.

―무풀의 춤에 맞춰 춤을 추고 싶은 날입니다. 지친 하루를 무풀이 위로해 줍니다.

그가 무슨 일로 힘들었는지 염려가 되었다. 동영상을 돌려

보며 나도 따라 두 팔을 흔들며 춤을 춘다. 눈은 살포시 감고 고개는 힘을 빼 뒤로 젖히고 두 팔은 나비처럼 나풀대며 발끝으로 가볍게 돈다. 그와 함께 춤을 춘다.

다육이들이 많아 신경 쓸 것도 많아졌다. 잎이 누렇게 뜬 다육이 화분을 거실로 들여놓았다. 다육이를 들여다보는 내게 언제 다가왔는지 5도쯤 고개를 삐딱하게 기울인 남편이 물었다.

"물은 제대로 주는 거야? 다육이는 물주기에 주의해야 해. 다육이 자체가 대부분 물로 되어 있어서 물을 주지 않아도 어느 정도 살 수 있어. 흙이 마르면 물을 주는 게 좋아. 다육이는 추위에 강해. 너무 따뜻하게 해 주지 마."

나는 남편을 빤히 쳐다봤다. 그가 어찌 다육이에 대해 아는 체를 할까? 병든 기색이 역력한 다육이를 향한 그의 눈빛이 잠시 흔들렸다. 그의 입에서 쿵 하는 소리가 흘러나왔다. 내가 다육이 하나도 제대로 키우지 못할 것 같은 모양이었다. 이런 젠장. 남편은 항상 이런 식이었다. 지난번 생각이 떠올라 내 입에서도 앓는 소리가 새어 나왔다.

마트에 갔다가 돌아오는 길이었다. 우악스럽게 달려온 자동차가 내 몸을 스쳐 지나갔다. 놀라 뒤로 몸을 빼다 넘어지고 말았다. 맥이 빠져 주저앉은 채 운전사에게 소리를 질러댔다.

"운전 좀 똑바로 해요!"

빼꼼히 창문을 내리고 젊은 남자는 뻔뻔하게 말했다.

"다치지 않았죠. 그럼 된 것 아니에요?"

나는 격분해 소리를 질러댔다.

"뭐라고? 지금 난 죽을 뻔했다고."

"네, 네, 알았으니 그만 가요. 아줌마!"

차에서 내린 남자는 오히려 언성을 더 높이며 눈을 부라렸다. 그 당당함에 피가 거꾸로 치솟는 기분이었다. 빈정대는 남자의 뒤에 언제 왔는지 남편이 서 있었다. 그의 인상이 구겨졌다. 나는 남편의 모습을 보는 순간 왈칵 눈물이 터지려 해 그를 향해 손을 내밀었다. 그런데 그가 아무 말도 없이 몸을 틀어 아파트 입구를 향해 걸어갔다. 그 상황을 어떻게 수습했는지 기억이 없다. 집에 들어와 내 시선은 집요하게 남편의 움직임을 좇았다. 깜빡임조차 잊은 눈이 뻑뻑해져서인지 주르르 눈물이 흘렀다. 남편은 아무 일도 없었다는 듯 샤워를 하고 침대에 누워 핸드폰을 들여다보더니 이내 코까지 골며 잠들어버렸다. 그 순간 그를 놓았다. 그리고 화장실로 달려가 장기에 스며들었던 물까지 토해냈다. 다음날 해가 밝기도 전에 다육이 농장으로 달려갔다. 닥치는 대로 다육이를 실어 왔다.

이제 베란다는 다육이의 세상이었다.

　두 아들에게서는 연락이 없었다. 모두가 바빴다. 무소식이
희소식이다. 나도 그렇게 생각했다. 멘도사의 잎이 떨어졌다.
살짝 건드리기만 해도 떨어졌다. 애처로워서 흙 위에 올려놓
았더니 며칠 후 신기하게도 잎에서 새잎과 뿌리가 함께 나 있
었다. 한참을 들여다보다 사진을 찍어 처음으로 카페에 올렸
다. 새잎이 나온 것을 축하한다는 댓글이 달렸다. '이젠 전문
가가 다 되셨네요.' 하는 회원들의 글이었다. 나는 카페를 빠
져나왔다. 하루 종일 집안을 서성이다 늦은 밤 퇴근해 들어온
남편이 잠든 것을 확인하고 살며시 일어나 컴퓨터 앞에 앉았
다. 마우스를 움직이는 손이 떨렸다. 화면이 열리는 순간 페
르세우스의 댓글이 눈에 들어왔다. 숨이 탁 막혔다. 그의 목
소리가 잔잔하게 들려왔다.
　─버리지 않고 흙 위에 올려만 놓았는데 새 생명을 만들어 내다
니 신기하지요. 하지만 통통했던 큰 잎이 쪼그라든 걸 보면 마음이 아
려옵니다. 자신을 내어 주고 새로운 생명을 만드는 아낌없이 주는 큰
잎….
　그의 댓글을 보는 순간 볼을 타고 눈물이 흘렀다. 아들의
카카오톡 프로필사진에는 친구들과 함께한 모습이 가득했다.

그들은 정말 즐거워 보였다. 페르세우스의 글이 나를 붉게 물들였다.

페르세우스는 날마다 내게 다가왔다. 그가 올린 사진에는 푸른 하늘을 향해 뻗은 손바닥 위에 다육이가 놓여있었다. 그의 손이 낯익다. 그가 말한다. 다정하게. 나에게.

─지방 출장을 갔다가 미팅이 길어져 기차를 놓칠 뻔했습니다. 급하게 택시를 잡으려 했는데 택시가 보이지 않았습니다. 카카오 택시를 부를까 고민하는 중에 맞은 편에서 빈 택시 한 대가 보였습니다. 저는 손을 흔들어 택시 기사에게 신호를 보냈지요. 그러자 운전석 창문이 내려가면서 택시 기사가 얼굴을 내밀었어요. 우린 서로 눈빛을 교환했지요. 신호가 바뀌어 택시는 갓길에 정차했고 두어 번의 신호가 바뀐 후 저는 택시를 향해 뛰어갔지요. 차 문을 열면서 제가 그랬어요. 고맙습니다. 기다려 주셔서. 그때 그 기사분이 그러더라고요. 어찌 안 기다리겠습니까. 우린 눈빛으로 약속을 했는데. 우리 눈으로 약속했지요? 그 기사분의 말에 제 입이 절로 벌어졌습니다….

나는 그날도 다육이들을 보살피면서 페르세우스가 택시 기사와 주고받은 눈빛에 대해 상상했다. 살면서 입 밖으로 던져놓기만 했던 약속들을 떠올리자 입안이 버석하게 말라왔다.

─주변이 아름답게 조성된 카페에서 고객을 만나고 있었습니다. 전면이 유리문으로 되어 있어 밖의 풍경을 즐기기에는 더없이 좋았습니다. 실내도 푸른 화초들이 이곳저곳에 놓여있었습니다. 숲속에 들어앉은 기분이었지요. 물론 고객을 설득하여 일을 성사 시켜야 하기 때문에 마음이 그리 편한 것은 아니었지만 말입니다. 그때 뭔가 부딪치는 둔탁한 소리가 났고 주위를 둘러봐도 아무 이상이 없었습니다. 우린 다시 대화를 이어갔지요. 고객이 먼저 자리를 떠난 후, 창밖을 내다보다 깜짝 놀랐습니다. 둔탁한 소리의 원인을 알게 된 것입니다. 유리창 밑에 작은 새 한 마리가 떨어져 있었습니다. 유리문인 것을 알지 못하고 날아와 부딪친 것이지요. 죽은 것은 아닐까? 어찌할 바를 몰라 초조하게 유리문 안에서 내다보기만 했습니다. 그 새는 아무 생각 없이 날아다니다 봉변을 당한 것이지요.

옛날 지나간 시간이 떠올랐습니다. 시류에 의해 날벼락같이 잘 다니던 직장을 떠날 수밖에 없었던 날의 아득함과 두려움. 낯선 길을 걸어야 했던 불안한 시간이 되살아나 숨이 막혔습니다. 벌떡 일어나 밖으로 나갔지요. 제가 다가가자 새는 갑자기 몸을 부르르 떨더니 몸을 일으켜 세웠습니다. 잠깐 기절을 한 모양이었습니다. 이리저리 몸을 움직이더니 푸르르 하늘을 향해 날아올랐습니다. 창공을 향해 날아가는 새를 바라보며 울컥….

나도 페르세우스의 글을 읽고 울컥했다. 그는 왜 항상 말

줄임표로 이야기를 맺을까? 이야기를 던져 주었으니 뒤는 읽는 사람의 몫인가, 아니면 마침표를 찍을 수 없기 때문에? 메두사의 목을 친 용감한 페르세우스를 닉네임으로 쓴 이유는 뭘까? 그날은 꼬리에 꼬리를 무는 의문으로 하루를 보냈다.

　─출근길에 다니던 길의 반대편을 걷게 되었습니다. 업무 전화를 하다 지하철 입구를 잘못 나온 것이지요. 되돌아갈까 하다가 건널목이 나오면 건너가기로 하고 걷기 시작했습니다. 8차선을 가운데 두고 항상 걸었던 그 길을 건너보다가 깜짝 놀랐습니다. 그 웅장함과 거대함에. 내가 지금까지 봐왔던 건물들이 아니었습니다. 173센티미터의 키로 볼 수 있는 건물의 모습만 보았던 것입니다. 한 건물에는 에어컨 실외기가 창문마다 블록 상자처럼 매달려 있었습니다. 매끈한 외벽을 가진 건물과는 다른 묘한 재미가 있었습니다. 물론 옛날 건물이라 실외기를 밖에 단 것뿐인데. 특이한 모습에 자꾸 눈이 갔습니다. 제가 매일 보는 것은 현실인데, 현실은 진실이고, 진실은 참인데, 제가 과연 현실….
　그의 점을 따라 나는 또 집안을 서성였다. 그러다 나는 밖으로 나갔다. 살 것도 없지만 마트에 가기로 했다. 습관적으로 가던 길이 아닌 다른 길로 걸었다. 한적한 뒷길 도로변 화단에 드문드문 푯말이 꽂혀있었다. 구절초, 감국, 큰엉겅퀴.

꽃은 사라졌지만 한 해를 찬란하게 피었다 진 꽃들의 흔적이었다. 페르세우스처럼 낯선 모습이 내 마음으로 들어왔다. 그의 감정이 나에게로 왔다. 나는 낯선 길을 자꾸자꾸 걸었다. 그리고 우리는 결국 만나기로 했다.

버스는 들판을 지나고 작은 소도시를 지나며 달려갔다. 버스가 신호등에 걸려 멈춰 섰다. 창밖을 본다. 한 남자가 한 여자의 어깨에 손을 얹고 걸어갔다. 걸음이 위태롭다. 한쪽 다리에 힘이 없는지 자꾸 몸이 기울었다. 기우는 몸을 곧추세우기 위해 여자의 어깨에 올린 손에 힘이 가해진다. 여자는 반대편에서 걸어오는 사람이 적은 쪽으로 남자를 이끈다. 남자가 편하게 걸을 수 있도록. 절뚝거리는 걸음이지만 남자의 걸음이 당당하다. 남자의 손이 얹힌 여자의 어깨는 반대편보다 더 높이 올라가 있다. 남자의 한쪽 다리 무게만큼 여자는 어깨에 힘을 준다. 그녀의 어깨는 사선이다. 그들의 모습이 사람들 속으로 묻히기 전 버스는 출발했다. 무릎 위에 놓인 멘도사를 내려다봤다.

버스가 식물원 앞 정류장에 멈춰 섰다. 버스에서 내렸지만, 발걸음이 잘 떼어지지 않는다. 다시 멘도사를 들여다본 후, 고개를 들고 주위를 둘러봤다. 식물과 카페 이름이 적힌 푯말이 보였다. 그 길을 따라 조금 걷자 식물원 입구답게 나무와 화단이 보이기 시작했다. 겨울이 아니었다면 환상적일 것만 같았다. 추위에 약한 식물들은 실내로 옮겨 놓아 식물원 주위는 썰렁했다. 알려지지 않은 외곽지의 식물원은 평일에 찾는 이가 드물어서인지 아무도 보이지 않았다.

식물원 옆, 작은 카페에 시선이 멈췄다. 한적한 주위 분위기 탓인지 카페는 추워 보였다. 현관문에 걸린 주황색 전등이 그나마 온기를 쏘아주고 있었다. 나무 문을 열자 풍경이 울렸다. 동시에 "어서 오세요." 하는 여자의 음성이 들려왔다. 문 앞에 서서 실내를 둘러봤다. 온통 다육이었다. 테이블과 테이블 사이를 구분 지어 놓은 선반 위에도 앙증맞은 다육이들이 놓여있었다. 다육이를 품은 화분도 다양했다. 접시, 머그잔, 찻잔, 기와…. 무엇이든 가능했다. 서너 걸음 실내로 들어서면서 마음이 놓였다. 다육이에게로 향했던 시선을 거두어 혼자 앉아 있는 남자를 보았다. 어딘가 낯익은 모습이다. 정장을 차려입고 무스로 머리를 깔끔하게 넘긴 남자. 남자도 나를 바라본다. 의아하다는 눈빛과 왼쪽으로 5도 정도 기울어진 얼굴이 나를 빤히 보았다.

스프링21

"손보현 씨, 왜 우리 회사에 지원했나요? 이쪽이랑 연관된 이력은 하나도 없는데."

면접관의 질문에 나는 이 회사에 왜 지원했는지, 미리 생각했던 대로 내 삶과 이 회사의 연결고리를 만들어 늘어놓았다. 약간 억지스러운 내 말이 어떤 효과를 일으킬지 그들의 반응에 촉각을 곤두세웠다. 마스크 위로 보이는 콧대 중반부터 눈, 눈썹, 이마, 앞 머리카락의 미세한 혼들림까지⋯. 한 명의 면접관이 핸드폰을 들여다보다 재빠르게 손가락을 움직였다. 문자 찍는 소리에 내 말은 방향을 잃고 헤맸다. 말이 급해지면서 무릎 위에 공손히 내려놓았던 손이 허공을 휘젓는다. 문자

찍는 소리가 신경을 긁는다. 말은 계속 수렁 속으로 빠져들었다. 마스크를 쓴 면접관이 어깨를 으쓱거리며 아주 사무적으로 말을 흘렸다.

"참, 한 방이 없군. 한 방이⋯."

약속 장소로 향하면서도 계속 그 말이 떠올랐다.

'한 방이 없군. 한 방이⋯. 그럼 내가 화력 좋은 놈으로 한 방 쏴줘. 그러다 맞아 죽어도 몰라. 네가 원했잖아. 한 방을⋯ 빵!'

총알을 발사한 순간 절묘하게 핸드폰이 부르르 울렸다. 누가 내 총에 맞았나? 움찔 놀라 하마터면 핸드폰을 떨어뜨릴 뻔했다. 혹시? 이내 일요일이라는 생각이 들자 이력서 낸 곳에서 온 문자는 아닐 거라는 안도감이 들었다. 적어도 오늘만큼은 탈락의 비릿한 맛에 젖기 싫었다. 일주일 동안 썼다 지우기를 반복해서 낸 이력서가 네 통이다. 결과가 어떻든 최선을 다했다는 충만감으로 지내고 싶었다. 그러나 안심할 일도 아니었다. 지난번에는 밤 9시에 '손보현 님의 뛰어난 역량에도 불구하고 제한된 인원을 선발하다 보니 함께 할 수 없게 되었습니다. 지원해 주셔서 감사합니다.'라는 문자를 받지 않았던

가. 일요일이라고 문자가 오지 말라는 법도 없다. 경우 없는 인간들 같으니라고. 그렇게 친절할 필요도 없는데 첫 문장을 읽을 때의 기쁨을 한순간에 쓰레기통으로 날려버리게 만든 문자. 취업지원자도 고객이니 이미지를 좋게 만들려는 고도의 전략인가. 삐딱하게 나가는 내 마음에 제동을 걸며 핸드폰을 열었다.

산행에 못 간다는 지영의 문자였다. 순간 위에서 소화가 되다만 음식물이 목구멍으로 올라왔다. 미간이 절로 찌푸려져 얼른 손바닥으로 목 언저리를 쓸어내렸다. 역류성 식도염. 이런, 뭣하나 되는 일이 없다. 산행하자고 먼저 설레발을 쳐놓고 쏙 빠진 지영에게 화가 났다.

핸드폰 화면을 끄고 고개를 들자 눈앞에 벚꽃 잎이 분분히 날린다. 꽃잎을 잡으려 팔을 뻗는다. 손바닥 위로 내려앉을 것 같았던 꽃잎이 살짝 방향을 틀어 날아간다. 아, 눈이 시리도록 아름다운 봄이다. 한동안 계절을 잊고 있었다. 자연을 즐긴다는 것 자체가 사치로 여겨졌었다. 그러나 오늘은 의도적으로라도 봄을 만끽하면서 산에 오르고 싶었다. 꼭 가서 봐야 할 것이 있다. 늦은 오후에 비 예보가 있고 윤서와 단둘만의 산행이라 하더라도 이번만큼은 멈추고 싶지 않았다.

산 입구에는 높고 굵은 기둥이 기와지붕을 떠받들고 있었다. 주위에는 연둣빛 나뭇잎들이 아침 햇살을 받아 반짝였다. 가볍게 몸을 풀고 있는 윤서도 보였다. 윤서가 나를 향해 손을 흔든다. 역류해 오는 시큼한 맛을 내리누르기 위해 숨을 참으며 나도 윤서를 향해 손을 흔들었다.

"지영이가 못 온다지. 혹시 길고양이 때문인가?"

"그래. 여러 가지로 지영이가 애쓴다. 그럼, 우리 둘이 출발해 볼까?"

저 당당함. 머뭇거림 없는 결정, 자연스러운 몸짓, 윤서는 두 팔을 크게 휘두르며 앞서 걸었다. 나도 엉성하게 팔을 올렸다 내리기를 몇 번 한 후, 윤서의 뒤를 따랐다.

앞서서 걷고 있는 윤서. 늘씬하고 날렵하면서도 위엄 있는 걸음걸이. 윤기가 촤르르 흐르는 단발머리가 찰랑찰랑 춤을 췄다. 등산복은 아니지만, 노란색 잠바와 군청색 운동복 바지가 산과 잘 어울렸다. 나풀나풀 나비가 숲속을 날아가듯 걸어갔다. 나도 윤서와 비슷한 잠바와 바지를 입었지만, 왠지 옷차림에 신경이 쓰였다. 자꾸 등산객들의 옷차림을 힐끔거렸다. 무언가 부자연스럽다. 그러고 보니 운동화 밑창이 얇아서 돌과 모래가 발바닥에 직접 닿는 느낌이었다. 옷차림은 그렇다 치더라도 운동화만큼은 제대로 신고 와야 했는데, 홍대 놀러

갈 때 신을 법한 운동화를 신고 왔으니. 이런 나의 무딤에 화가 났다.

윤서의 모습이 보이지 않는다. 산모퉁이를 돌자 윤서가 통화하는 모습이 보였다. 진달래꽃을 등지고 서 있는 윤서가 싱그럽다.

"벌써 힘든 거야. 왜 이렇게 못 와?"

"내가 느린 게 아니라 네가 빠른 거지."

나는 숨을 몰아쉬며 말했다. 그 소리를 들었는지 윤서는 제자리걸음을 하면서 나를 기다렸다. 함께 걷기 시작한 우리는 어깨를 나란히 하고 걷다 길이 좁아지면 앞뒤로 걸었다.

"방금 지영이 하고 통화했어. 그 여자를 만나러 가는 길이래."

"그래? 혹시 사기꾼은 아니겠지? 우리가 함께 가줘야 했던 건 아닐까?"

"어휴, 또 앞서 나간다. 지영이가 애니? 너나 잘 걸어. 넘어지지 않게."

윤서의 장난기 어린 목소리에 내 얼굴이 굳어졌다. 다행이다. 마스크를 쓰고 있어서. 윤서의 자기중심적 발상. 다른 의견이 못 나오게 꾹 눌러버리는 말버릇. 하긴 지영이 걱정보다 어색해질 산행을 염려했던 나로서도 윤서의 생각에 동조할 수밖에 없다. 머쓱해져 마스크로 덮인 콧대를 꼭꼭 눌렀다.

　나에게는 있고 윤서에게는 없는 것. 이 알 수 없는 감정은 무얼까? 함께 자지러지게 웃고 분노하고 슬퍼하다가도 조금씩 엇나간 감정의 틈을 느낀다. 그 틈은 미세해 잘 보이지 않지만, 깊이도 넓이도 알 수 없는 틈새로 어느새 감정이 새어 나와 광풍으로 휘몰아친다. 나는 느끼고 윤서는 느낄 수 없는 것. 나는 다시 마스크를 반듯하게 고쳐 썼다.

　지영이는 동물을 아낀다. 뭔가 주고 싶어서 안달이다. 그건 사랑이다. 한 끼도 못 굶는 지영이가 3일간의 단식투쟁으로 고양이 한 마리를 기를 수 있게 되었다. 길러보니 사랑은 더 깊어졌단다. 가방에서 책을 빼고 사료를 넣고 다니다가 길냥이들을 만나면 밥을 주는 것으로 사랑은 성장했다. 그러다 털이 뭉텅 뽑히고 여기저기 상처투성이에 다리까지 저는 길냥이를 만났다. 지영이는 길냥이에게 '구칠이'라는 이름을 지어주고 집으로 데려갔다. 그러나 신발도 채 벗기 전에 엄마에게 욕을 맥주 한 박스만큼 듣고 쫓겨났다고 했다. 참, 지영이는 맥주도 사랑한다. 동물병원으로 데려간 구칠이는 생각보다 상처가 깊어 수술해야 했다. 당장 수술비가 문제였다. 지영이는 취준생인 친구들의 사정을 뻔히 알기에 손을 내밀 수 없자 인터넷에 '구칠이 살리기' 펀딩을 해 모금을 받았다. 불쌍한 구칠이 사진도 함께 올렸다. 세상은 참으로 따뜻했다. 십시일반 모인 금액이 생각보다 많았다. 지영이가 감격에 겨워 자기 엄마 목소리까지 흉내 내며 말했었다.

"저 지지배가 정신이 나갔지. 취업할 생각은 안 하고 어디로 다녔는지 알지도 못하는 길냥이를 안고 오다니. 코로나 때문에 사람도 겁나는데 정신이 나갔어. 저 지지배가. 그러더라. 취업 못 하면 고양이도 못 키운다는 우리 엄마에게 사랑이 뭔지 보여주겠어. 펀딩으로 모은 돈으로 반드시 구칠이를 살려보겠어."

지영이는 치료과정을 일일이 사진 찍고 지출한 비용은 영수증을 첨부해 SNS에 올렸다. 그러나 온갖 정성에도 불구하고 상처가 깊었던 구칠이는 죽고 말았다. 장례까지 치르면서 후원자들과 지영이는 구칠이를 기리는 따뜻한 감정을 공유했다. 문제는 남은 돈이었다. 구칠이가 죽고 난 후부터 댓글을 달기 시작한 여자가 연락을 해왔다. 유기묘 사설 보호시설을 운영한다며 남은 모금액을 자기 단체에 기부해 달라고 했다. 집요하게 연락해대는 여자가 이상했다. 지영이는 고민에 빠졌다. 그래서 직접 보호시설에 가보고 후원자들의 동의를 받아 기부 결정을 하겠다고 했다. 오늘 그 시설에 갈 약속이 잡혔나 보다. 지난번 지영이와 통화할 때 "고양이 돌볼 시간에 취업 준비나 해. 고양이랑 같이 쫓겨나기 싫으면." 지영이 엄마의 쇳소리가 전화기를 타고 들려왔었다. 지영이는 작은 소리로 말했다. 취업 못 하면 사람도 아닌가? 죽어도 못 나가. 못 나가. 낳았으면 책임을 져야지. 나도 작은 소리로 외쳤다. 이지영, 파이팅!

윤서와 지영이, 나는 고등학교 3학년 때 같은 반이었다. 고등학교는 대학에 가기 위한 전초기지였다. 입시는 총성 없는 전쟁이었고 친구는 전우이자 적이었다. 친구를 밟고 좋은 성적을 올려야 하지만 아이러니하게도 친구와의 동지애로 전쟁통을 무사히 지낼 수 있었다.

마당발인 지영이는 각 반과 선생님들의 동향, 학교 내 사건, 사고를 물어왔다. 한 끗 차이인 정보와 소문을 가져오기에 지영이 주변에는 아이들이 들끓었다. 게다가 정이 많아 안 끼는 데가 없었다. 고마우면서도 부담스러운 오지라퍼였다.

윤서는 자유로운 영혼과 얽매이지 않는 행동으로 규칙이란 울타리를 교묘히 넘나들었다. 수업 시간에 소설책을 펴 놓고 읽기 일쑤였고 야간자율학습 시간에도 이어폰을 끼고 살았다. 윤서가 딴짓을 해도 시험 결과가 좋았기에 선생님들은 윤서를 묵인했다. 아니 윤서의 뒷배경이 그녀의 돌출을 둥글게 만들었는지도 모른다. 윤서는 전혀 내색을 안 했지만, 정보통인 지영의 말에 의하면 윤서의 집안이 준재벌은 된다고 했다. 아무튼 윤서는 죽자 살자 책만 파는 나와 달리 공부를 안 해도 성적은 나와 비슷하게 나왔다. 나는 윤서가 집에 가서 밤새 특급과외를 받는 것이 분명하다고 생각했다. 불가사의한 일은 윤서가 학교에서 졸지 않는다는 사실이었다.

나는 사랑받는 모범생이었다. 이것은 고3 담임이 엄마에게 해 준말이었다. 나는 모든 일에 적극적이고 성실하고 예의가 바르게 행동했다. 대부분의 아이들이 허벅지가 드러나고 옆구리가 터질 정도로 교복을 줄여 입었지만 내 교복은 단정하다 못해 촌스럽기까지 했다. 학칙에 따라 교복을 입는 내가 답답해 보일 수도 있었지만, 그것이 내가 사랑받는 이유이기도 했다.

셋이 친하게 된 것은 그 다른 성향 때문이었다. 나는 수시 종합전형으로 대학에 가기 위해 학교생활을 증명해줄 성적과 상장이 필요했고 그러려면 학급을 잘 이끌어야 했다. 내가 앞에 나가 회의를 진행할 때 아이들은 중구난방인 경우가 많았다. 그때 모든 일에 무관심하던 윤서가 웬일인지 날카로운 눈빛으로 나를 주시하며 적극적으로 의견을 내주었고 지영은 찬성을 외치며 분위기를 돋우었다. 그럼, 일은 일사천리로 진행되었다. 그 당시에는 몰랐지만 우리는 서로가 있어 자신의 존재를 확인받는 더없이 좋은 관계였다.

발밑을 살펴야 한다. 흙길에서 잔돌이 많은 길로 바뀌었다. 울퉁불퉁한 돌 틈을 잘못 밟으면 발목을 삘 수도 있다. 길이 험해질수록 윤서와 거리가 멀어졌다. 생각을 멈추고 걷는 데만 집중한다. 가슴을 쫙 펴고 깊게 심호흡을 한다. 윤서와 거리가 가까워졌을 때 어디선가 탕, 탕! 산을 울리는 소리가 들렸다. 앞서 걷던 윤서가 뒤돌아보았다. 무슨 소리지, 하는 눈빛이다. 다시 탕, 탕! 나뭇잎들이 놀라 부스스 떨었다. 총소리와 함께 건조한 음성이 산을 울렸다. 한 방이 없네. 한 방이.

"보현아, 이게 무슨 소리야?"

"이 산 근처에 사격장이 있었어. 그곳에서 쏘는 총소리인가 봐."

"뭐? 총소리라고. 그 총알 이리 날아오는 거 아냐?"

대담하고 쿨한 윤서가 총소리에 놀라 눈이 동그래졌다.

"설마, 이곳에서 총 맞았다는 사람은 없는데. 나무와 숲이 가로막아서 못 날아올 거야."

"산에 기氣 받으러 왔다가 어휴, 소름 돋는다. 누구는 총을

쏘면서 힐링하고, 누군 그 소리에 기겁하고…. 야, 빨리 가자. 힘없으면 피해야지."

윤서가 날다람쥐처럼 가파른 길을 재빠르게 올라갔다. 나도 산을 공포감으로 몰아넣었던 총소리와 내 총소리를 떠올리며 걸음을 빨리했다. 이곳을 벗어나야 한다. 온통 총알 밭이다.

탕! 탕!

총소리에 쫓겨 미친 듯이 산을 올랐다. 숨이 찼다. 거친 숨소리로 어깨까지 들썩였다. 등산객이 보이지 않을 때, 슬쩍 마스크를 내렸다. 가쁜 숨을 몰아쉬며 찬 공기를 코와 입으로 깊게 빨아들였다. 마른 땅에 빗물이 스며드는 느낌이다. 이마에서 땀이 뚝 떨어졌다. 돌길 끝에 나무계단이 나타났다. 시선이 닿는 곳까지 계단이다. 절로 한숨이 나온다. 옛날에도 이런 곳이 있었나. 가물가물한 기억을 불러내 본다. 한발 한발 계단을 오른다. 계단이 끝나자 커다란 바위들이 나타났다.

윤서가 바위 위 평평한 부위에 앉아 나를 내려다보며 부른다. 조심해서 올라와. 천천히. 윤서가 좀 더 편한 자리를 내준다. 나는 손바닥으로 땅을 짚고 겨우 엉덩이를 내려놓는다. 거친 숨을 몰아쉬었지만 살 것만 같다. 내 몸을 어딘가에 기대어 내려놓는다는 것. 극한 고통 속에 단맛. 고통을 견디는 이유. 그 끝에 찾아오는 희열. 이 맛에 산을 찾는 건가? 윤서가 물병을 건넸다.

"많이 힘들어? 그러게 운동 좀 하라고 했지."

"나도 나름 운동하거든."

"그게 운동한 몸이야?"

시원하게 들이켰던 물이 왈칵 쓴 물로 올라왔다. 나는 눈을 감고 바람을 맞았다. 시원한 바람이 뜨겁게 달아오른 얼굴을 식혀준다. 한참을 바람과 나뭇잎 사이로 비치는 햇살을 느낀다. 널뛰던 가슴이 차분히 가라앉았다. 가만히 눈을 떴다. 내 발아래에서 올라오는 사람들이 보였다. 모두 무채색이다. 그런데 한 사람이 색을 가지고 있었다. 확실한 그만의 색깔을. 왜 저 사람은 분명하게 보일까? 뚫어지게 그를 봤다. 아, 그는 마스크를 벗고 있었다. 마스크를 쓴 사람은 누구나 같았다. 특별한 개성을 느낄 수가 없었다. 아무리 예쁘고 멋진 등산복을 입고 있어도 형체가 드러나지 않았다. 마스크는 가면이었다. 바위의 차가운 기운이 엉덩이로 올라왔다.

바위를 올라온 남자가 뒤돌아서서 여자에게 손을 내민다. 여자가 남자의 손을 잡는다. 남자가 손에 힘을 주어 잡아당기자 여자의 몸이 와락 앞으로 쏠려 남자에게 안긴다. 남자와 여

자는 쑥스러운지 웃어댄다. 나는 그들이 산에서 만난 사람들
이라고 생각했다. 부부였다면 왜 무식하게 잡아당기냐고 여
자가 소리를 질러대고 남자는 도와줘도 난리라고 언성을 높였
을 것이다. 혼자 키득대자 윤서가 나를 돌아본다. 왜, 하고 묻
는 눈빛이다. 턱으로 그들을 가리켰다. 윤서가 고개를 갸웃대
며 말했다.

"누가 그러는데 등산복은 산행하는 사람들의 교복이래. 등
산복을 입는 순간 나이와 성별을 뛰어넘는 우정이 생긴다는
거지. 학창 시절로 돌아가 친구끼리 손도 잡고 끌어안고 문제
될 게 없지. 이상하게 보는 사람들이 문제지."

나는 윤서의 이상한 논리에 인상이 찌푸려졌다.

"아니지. 배우자를 두고 다른 사람과 저러는 것은…. 왜 불
륜이라고 했겠어. 윤리에 맞지 않는 행동."

"너, 초딩이야? 그런 유아적인 생각은 버려. 인생은 현재,
이 순간이 중요하다고 했지. 그리고 좋은 인간관계는 삶을 풍
요롭게 만들어주고, 그럼 산에 와서 새롭게 인간관계를 맺고
현재를 즐기는 것이 가장 가치 있는 일이지. 맞지. 부러우면
부럽다고 해라. 어르신들 현재를 즐기는 삶을 살고 있는데 도
끼눈 뜨지 말고. 카르페 디엠!"

양팔을 활짝 윤서가 펼쳤다. 펼친 윤서의 팔 안으로 나무와

하늘이 들어왔다. 나는 눈이 부셔 눈을 감았다. 잠시 후, 눈을 떠 내가 앉은 옆쪽을 내려다봤다. 올라올 때는 힘이 들어 안 보였던 것이 보였다. 깊지는 않지만, 낭떠러지 절벽이었다. 자칫 바위에서 미끄러져 실족할지 모르는 등산객을 보호하기 위해 동아줄로 안전장치를 해놓았다. 바위에 쇠막대기를 박아 끝에 구멍을 뚫어 동아줄을 통과시켜 나무에 묶어 놓은 것이다. 그런데 나무가 특이했다. 다른 나무들이 연한 잎사귀를 키워내고 있는데도 마치 죽은 나무처럼 새잎은 고사하고 가지가 거무죽죽했다. 기이한 것은 나무 기둥이 왼쪽으로 휘어져 가지 전체가 낭떠러지로 향해 있는 것이었다. 금방이라도 쓰러질 듯한 나무에 동아줄을 묶어 놓다니 신기했다. 줄을 매어 놓을 만한 위치에는 그 나무밖에 없고 나무는 생각보다 단단해 보였다. 만약 죽은 나무라면 줄을 잡은 사람들의 무게를 지탱 못 해 뽑혔을지도 모른다. 끄떡도 안 하는 것을 보면 살아 있는 것이 분명했다. 몸도 기울어져 볼품없고 늦게 싹도 틔우는 나무지만 이곳에서는 가장 가치 있어 보였다. 나는 한참을 낭떠러지와 낭떠러지 끝에 위태롭게 뿌리를 내린 휘어진 나무와 바위에 박힌 쇠기둥과 동아줄을 잡고 올라오는 사람들을 바라봤다. 윤서가 내 어깨를 툭 쳤다.

"무슨 생각해. 지금 동창생 찾는 건 아니겠지?"

"어휴, 진짜."

취업문이 좁다고 했지만 나 하나 들어갈 곳이 없으리라고
는 생각지 못했다. 내가 살아온 인생을 파노라마처럼 펼쳐 놓
은 후, 빚고 다듬어 완성된 이력서를 냈지만 돌아오는 것은 불
합격이었다. 그 시간이 길어지자 초조와 분노, 원망이 깊어져
땅을 파고 깊이깊이 들어갔다. 이러다 지구 반대편으로 나올
지도 모른다. 불합격통지를 받고 우울한 기분을 단톡방에 올
렸더니 지영이가 산행을 제안했다. 높은 곳에 올라가 세상을
내려 딛고 서 보자는 것이었다. 우리를 떨어뜨린 놈들을 발아
래 콱 눌러버리자고 말이다. 그런데 신발을 이따위로 신고 오
다니. 얼얼해진 발을 손으로 꾹꾹 주물렀다.

"진짜 우리 97은 너무 불쌍한 거 아니야. 태어날 땐 IMF 터
져, 대학 졸업하니까 코로나 터져. 이게 도대체 말이 돼. 이런
상황을 제대로 못 본 내가 바보지. 취업 문이 콘크리트 문일지
몰랐거든."

내 말에 윤서가 깔깔대며 웃었다.

"면접 보면서 그 회사 홈페이지에 오타 났다고 지적하는 애
는 너밖에 없을 거야. 그 패기 멋져."

내 얼굴이 달아올랐다. 윤서는 내 기분도 아랑곳하지 않고

말했다.

"지난번에 네가 한 말, 거짓말은커녕 조금 부풀려 얘기해도 얼굴이 벌게지고 말을 더듬어서 술술 말이 나오게 하려면 진실만을 말해야 한다는 말. 정말 웃겨."

"웃기냐? 거짓말 못 한다는 말이. 사람들은 솔직하게 말하라고 하지만 그 말이 지적질이길 원하진 않지. 너 참 똑똑하다. 훌륭해. 너의 자질을 발휘할 곳을 찾아봐. 아웃!"

"그럼, 너의 능력을 알아봐 주는 데를 찾으면 되지. 뭐가 문제야."

"뭐가 문제냐고? 그렇게 보는 눈이 문제야. 찾을 수 없으니까 문제지."

억울함이 왈칵 올라왔다.

"왜 화를 내? 너 잘되라고 하는 말이지."

"그래, 솔직한 내가 잘못이다."

지난번 면접을 보았던 회사는 마음에 들었다. 면접 분위기도 호의적이었다. 마지막 질문에 출근 시간이 막히면 2시간 걸린다는 말을 왜 했는지. 밖에 나와서 내 입을 쥐어뜯었던 일이 되살아났다.

"그렇게까지 생각할 건 뭐 있어? 네 실력이면 좋은 데 얼마든지 갈 수 있어. 시간이 필요해서 그렇지."

"뭐? 너는 교환학생 갔다 와서 바로 취업했지만 나는 거의 2년이 다 돼간다고. 내 앞에서 시간을 말해!"

"왜 이래? 그런 뜻이 아니잖아."

"네가 우리 마음을 알아? 지영이는 지난번에 대표이사 면접 때 떨지 않으려고 회사 홈페이지에 들어가 대표이사 얼굴을 온종일 봤다더라. 옆집 아저씨처럼 익숙해지면 술술 얘기할 수 있을 것 같아서. 안면 익히기 연습. 그렇게까지 했는데도 떨어졌어."

윤서가 배를 움켜주고 어깨를 들썩일 때 내 입술은 바르르 떨렸다. 상황에 따라 현실을 인식하는 정도가 이렇게 다를까. 현실이 우리의 관계를 훼손시키고 있었다.

"기분 나빴냐. 그딴 일로 화를 내냐. 천사 같은 보현 씨가."

"그딴 식으로 말하지 말라고 했지!"

찬기 도는 내 목소리에 윤서도 조용해졌다. 나는 윤서가 이력서와 자기소개서에 썼을 내용을 떠올려봤다. 적어도 지하철 상가에서 땡처리 물건 파는 아르바이트나 온종일 건물 입구에 서서 들어오는 사람들 손바닥에 소독제를 뿌려주는 일이나, 신종 개발 약품을 먹고 인간 생쥐가 된 경험을 쓰지는 않을 것이다. 나는 그런 일이라도 해서 의미를 부여하고 내 능력을 알아달라고 발버둥 쳤던 시간이 서러웠다. 고등학교 때, 유명 입시학원에 가기 위해 새끼 학원에 가서 실력을 쌓듯이 취업을 위해 인턴을 하고 인턴에 뽑히기 위해 아르바이트를 하고. 형태만 바뀌었을 뿐이지 세상은 우리에게 끊임없이 요구한다. 남들보다 네가 나은 것을 증명해봐. 내가 너를 선택할 수밖에 없는 증거를 대봐. 나를 설득하라고. 너를 보여줘. 네가 얼마나 특별한 사람인지. 계속하여 내가 누구인지를 밝히라고 요구한다. 나도 멋지게 나를 보여주고 싶다. 그런데 78장의 이력서를 내면서 나도 내가 누구인지를 잃어버렸다. 지원한 회사와 업무에 나를 끼워 맞추다 내가 누구인지 모르게 되어버렸다. 그래도 100번까지는 여유가 있다. 탈락의 고배를 마실 때마다 100번에 가까워졌다는 데 위안을 삼았다. 100번 이력서를 내면 합격한다지 않는가. 땀이 식자 등골이 서늘해졌다.

　쉬어서 그런지 발걸음이 한결 가벼웠다. 하지만 길은 가파르고 바위 위에 살짝 덮인 모래알갱이는 미끄러웠다. 자칫 헛디디면 발이 쭉 나갔다. 깜짝깜짝 놀라며 온 신경을 땅바닥과 발에 집중했다. 바짝 뒤따라오는 사람에게 비켜서 자리를 양보했다. 윤서도 내 뒤에서 보조를 맞췄다. 천천히 걷다 보니 길 위에는 윤서와 나, 둘만 남았다. 주위에는 새들의 지저귐과 바람 소리, 꽃향기, 풀 내음, 나뭇잎 사이로 새어 들어온 햇살만이 가득했다. 터질 것 같던 내 감정도 봄에 취해 가라앉았다.

눈앞에 갈림길이 나타났다. 정상으로 오르는 길은 항상 사람들의 발길이 많이 나 있어 고민 없이 가면 되는데 이곳은 두 길이 엇비슷하게 땅이 다져져 있었다. 앞에 사람이라도 있으면 따라갈 텐데, 고민에 빠졌다. 올라오면서 보니 위험한 길은 '샛길로 가지 말라'는 경고문이 붙어있었다. 그렇다면 두 길은 정상으로 향해 있어 어딘가에서 만난다는 뜻이리라. 어느 쪽으로 가도 좋다는 것. 윤서가 나보고 선택하란다. 잠시 고민을 하다 고개를 빼고 살펴보았다. 나는 울긋불긋 꽃 군락이 많이 보이는 쪽을 선택했다. 윤서는 말없이 내 뒤를 따랐다. 선택은 탁월했다. 길은 평평했고 꽃과 나무는 아름다웠다. 마치 향기에 취해 빠져든 듯 말없이 길을 걸었다. 그런데 갑자기 흙길이 끊기고 앞에 잡목들이 우거져 있었다. 잡목을 헤집고 나가면 금방 등산로가 나올 것 같았다. 잠시 주저하다 우린 잡목을 헤집고 나아갔다. 판단은 틀렸다. 길이 안 보였다. 숲은 갈수록 억세지고 사나웠다. 우수수 숲이 운다. 바람이 땀을 몰아가자 몸이 으스스 떨렸다. 나뭇가지 사이로 보이는 하늘이 어두워졌다. 길을 잃었나. 돌아서서 윤서를 봤다.

"윤서야, 이 길이 아닌가 봐. 바람이 심하게 부는데. 비 오는 거 아니야?"

"…"

"뭐라고 말 좀 해봐?"

"생각하고 있잖아. 처음에 애기처럼 걷더니 발에 모터를 단 것처럼 정신없이 걷다가 길을 잃었네. 우짜지?"

"뭐? 지금 내 탓 하는 거야?"

"아니, 유머잖아. 유머. 길을 잃어도 유머를 잃지 말자."

"그 말이 유머로 들리니? 너는?"

"겁내지 마. 이 산은 사람들이 많이 다니는 곳이라 여기저기 길이 나 있을 거야."

비구름이 몰려와 주위는 금방 컴컴해졌다. 이 상황에서도 윤서는 천연덕스러웠다. 순간 땅! 하는 총소리와 함께 윤서가 앞으로 고꾸라졌다. 나는 그 자리에서 얼어붙고 말았다. 엎드린 윤서의 등이 두 눈에 가득 들어왔다. 움직임이 없다. 벌벌 떨리는 손으로 윤서의 등을 건드렸다. 윤서가 천천히 고개를 들었다.

"왜, 그래. 길 잃어 집에 못 갈까 봐. 완전 귀신 본 얼굴인데. 자, 운동화 끈도 다시 맸겠다 출발해 볼까."

"…"

새로운 길을 뚫지 못하고 결국, 우리는 왔던 길을 되짚어 갈림길까지 되돌아왔다. 그리고 조금 전 선택하지 않았던 길을 걸었다. 하늘을 뒤덮었던 구름이 서서히 걷히면서 그 틈으로 햇빛이 비쳤다. 하늘이 금세 맑아졌다. 도깨비 같은 날씨였다. 푯말이 보였다. 600m만 더 가면 헬기장이다. 헬기장. 오늘의 내 목표지점.

이 산은 내 유년 시절 우리 집 뒷산이었다. 부모님의 손을 잡고 올랐던 산이었다. 몸이 약한 나를 위해 우리 가족은 운동 삼아 산책하듯 산에 올라왔다. 꼭 어디까지 가겠다는 목표 없이 지치면 그 자리에서 멈춰 놀았다. 산을 좋아했던 아빠는 산행을 좀 더 하고 엄마는 나에게 재미있는 놀이를 시켰는데 인간 스프링 놀이였다. 나뭇가지를 목표로 웅크리고 앉았다 힘껏 몸을 펴고 뛰어올라 손을 쭉 뻗어 나뭇가지에 닿는 거였다. 엄마는 내가 도전에 성공하면 조금 더 높은 나뭇가지를 가리켰다. 새로운 나뭇가지에 닿기 위해서는 몸을 더 낮추고 힘을 비축했다 한번에 힘껏 뛰어올라야 했다. 엄마 역시 그 놀이를 함께 했다. 다 큰 어른이 웅크렸다 뛰는 놀이를 하다니. 내가 부끄러워 엄마는 하지 말라고 했던 것 같다. 엄마는 개의치 않았다. 나는 빨리 목표에 도달해 엄마가 그만하기를 바랐다. 폴짝폴짝 웅크리고 뛰어오르기를 반복했다. 얼굴에서 땀이 흐르면 엄마는 흡족한 미소를 띠고 나무 기둥에 등을 대고 서라고 했다. 키를 쟀던 것 같다. 미숙아로 태어난 내가 안 자랄까 봐 걱정한 엄마 나름의 비법이었다. 내 키가 평균치를 넘으니 엄마는 성공한 셈이다. 엄마 꿈은 단순했다. 내가 잘 먹고 잘 자라는 거. 지금은 잘 모르겠다. 내가 이력서를 넣는 회사에 따라 엄마의 관심도 계속 옮겨 간다. 자동차에서 식품으로, 문구로, 가구로….

아빠는 혼자 남아 나를 돌보는 엄마가 힘들까 봐 내 컨디션이 좋으면 정상까지, 아니면 헬기장까지 올라갔다 서둘러 내려왔다. 마치 발에 스프링을 단 것처럼 헐레벌떡 내려왔다. 아빠는 정상보다 헬기장 얘기를 더 많이 들려주었다. 산에서 위급한 일이 생기면 119 헬기가 내려앉는 곳이란다. 이 가파르고 협곡처럼 이어진 길 위에 헬기가 내려앉을 널따란 공간이 있다니. 얼마나 멋진 일인가. 지영이가 산행을 제안했을 때, 나는 헬기장을 떠올렸다. 한 번도 가보지 못한 곳. 생명을 구조하는 공간. Help.

윤서가 뒤돌아서 작게 말했다.

"보현아, 헬기장에 화장실 있겠지. 물도 많이 안 먹었는데….”

“당연히 있겠지. 헬기가 내려앉는 곳인데.”

우리는 힘내서 올라갔다. 체력이 바닥났는지 자꾸 내 발이 삐끗거리고 휘청댔다. 나는 미끄러지는 발을 가까스로 멈추었다. 훤히 보이는 길이지만 언제든 넘어질 수 있는 길이었다. 그럼에도 나는 가야 한다.

헉헉거리며 숨소리가 거칠어지자 윤서가 자기 귀에 꽂았던 이어폰을 내 귀에 꽂아 주었다. 나는 놀라 발을 헛디딜 뻔했다. 잔잔한 음악이 흘러나올 줄 알았는데 폭발할 것 같은 전자음이 귓속을 때렸다.

“힘들 때는 아무 생각 없이 그냥 때려 박는 소리에 몸을 맡기는 거야. 머릿속에 뭔가 떠올리면 더 힘들어져. 그냥 머리를 텅 비우고 몸으로 산을 올라. 그냥 취하는 거지.”

나는 도리질을 하면서 내 귀에서 이어폰을 빼 윤서에게 건넸다. 제 귀에 이어폰을 낀 윤서가 몸을 앞뒤로 흔들었다. 마치 클럽에 온 것 마냥. 나는 가늘게 눈을 뜨고 윤서의 모습을 지켜봤다.

사실 나는 윤서의 소식을 멀리한 면이 있었다. 찰떡궁합 같았던 우리 셋의 우정도 대학입시 결과에 따라 앙금이 쌓이는 것 같았다. 적어도 나는 그랬다. 판판이 놀기만 했던 윤서가 3

년 내내 입시 준비에 매달렸던 나보다 더 좋은 대학에 갔다는 것, 그것도 내가 정말 가고 싶었던 학과에 합격했다는 사실이 억울했다. 가까운 존재였기에 더욱 그랬다. 윤서는 설렁설렁 놀다 적성이 안 맞는다고 전과했다. 교환학생으로 외국에 나가 여행만 하다 돌아와 졸업도 하기 전에 취업에 성공했다. 1년은 더 놀고 싶었는데 취업 됐다는 윤서의 문자를 보는 순간 핸드폰을 던질 뻔했다. 놀 것 다 놀면서 대충대충 살아도 앞길이 쭉쭉 열리는 윤서와 기를 쓰고 살아도 약간씩 어긋나 덜거덕거리는 나. 취업 문에서 나는 다시 제동이 걸렸다. 내가 원했던 대학에 합격했더라면 어떤 결과가 나왔을까. 취업에 성공했을까. 엉뚱한 발상이지만 내 자리를 차지해 버리고 미련 없이 차버린 윤서. 미세한 틈에서 불편함과 거북함이 스멀스멀 기어 나왔다. 나에게는 있고 윤서에게는 없는 거. 역류한 음식물 같은 불쾌감.

헬기장에 거의 다 온 것 같다. 돌로 쌓은 성벽이 보였다. 마음은 급한데 발이 말을 안 듣는다. 먼저 올라간 윤서가 손을 흔든다. 너의 목표가 여기 있어. 하는 듯이 말이다. 나는 조심스럽게 헬기장 안으로 발을 내디뎠다. 산 정상처럼 더 올라갈 곳이 없는 평평한 땅이 있었고 그 가운데 H자가 쓰여 있었다.

천천히 글자를 따라 걸었다. 생각보다 공간은 작았고 평범했다. 윤서가 언제 왔는지 다가와 말을 건넸다.

"어때 목표지점에 도달한 기분이?"

"너는? 화장실에 갔다 왔어?"

"살 것 같다. 소변은 급하지 너는 금방 넘어질 것 같지. 죽는 줄 알았네. 지난번 바티칸 성 베드로 대성당에서 '피에타상'을 보고 나왔는데 한국 아줌마를 만난 거야. 너무 감동적인 표정을 짓고 있어서 그렇게 좋았어요? 하고 물었지. 그랬더니 '피에타상'은 모르겠고 화장실이 급해 해결하고 나니까 정말 행복하대. 외국에서 바지에다 실수할 뻔했다고 눈을 찡긋거리더라. 나도 그럴 뻔했다. 누가 내 마음을 알겠니. 그래도 너 때문에 정신 바짝 차리고 올라왔다. 고생했다. 손보현!"

윤서가 한 손을 번쩍 치켜들었다.

"그랬구나. 난 H자만 봐도 감동이다. 그냥 구조의 저 글자가 보고 싶었었나 봐. 지영이도 왔으면 좋았을 텐데…."

윤서의 손바닥에 내 손바닥을 부딪쳤다.

"진짜, 손보현 씨는 영혼이 맑아요. 작은 것에도 감동하고. 저기 봐 저곳이 정상인가 봐. 깃발이 보이지."

옆 능선을 타고 좀 더 걸으면 그곳에 바위산이 우뚝 솟아 있었다. 바위 위에 설치된 철제계단을 따라 알록달록한 점들이 물결처럼 움직이고 있었다. 앞사람이 밟았던 계단 위치에 자신의 발을 옮기며 위로 위로 올라가고 있었다. 갑자기 애벌레 기둥이 생각났다. 저 위에는 뭐가 있을까. 이 순간 왜 애벌레 기둥을 떠올렸을까. 멍하게 산의 정상을 바라보는 나에게 윤서가 나직하게 말했다.

"보현아, 네 신발로는 저 정상까지 올라갈 수 없어. 나랑 운동화 바꿔 신자."

"뭐, 운동화를?"

나는 자신의 운동화를 벗고 있는 윤서를 물끄러미 보다가 산 정상을 향해 고개를 돌렸다. 바람이 부는 대로 깃발이 펄럭였다. 저곳에 오르면 먹었던 음식이 역류하지 않고 순리적으로 내려갈까? 웅크렸던 내 몸이 스프링처럼 튀어 올라 찬란한 이 봄을 만끽할 수 있을까? 다시 어디선가 총소리가 들렸다.

땅!

총알이….

누구나

여자의 손이 내 몸에 닿자 심장이 몸 밖으로 튀어나올 것처럼 빠르게 뛰었다. 나는 급하게 가슴을 부풀려 깊게 숨을 몰아쉬었다. 여자의 두 손이 내 양어깨를 잡았다. 소름이 돋는다. 조도가 낮은, 붉은 조명이 사물을 불명확하게 만들었어도 실내는 따뜻했다. 추울 리가 없었다. 손아귀에 힘을 준 여자가 어깨를 꽈악 움켜잡자 소리를 삼킨 입이 저절로 벌어졌다.

"아프세요?"

"….."

"아파야 효과가 있어요. 참기 힘들면 말하세요?"

여자의 손이 천천히 풀렸다.

"긴장하지 마시고 힘을 빼세요."

침대에 엎드린 채 몸에서 힘을 빼려고 애를 썼다. 그럴수록 몸은 뻣뻣하게 굳어갔다. 여자는 긴장을 풀어주려는 듯, 내 등 전체를 손바닥으로 가볍게 훑었다. 오랫동안 여러 사람이 거쳐 갔을 낡은 마사지복 위를 주무르던 손이 목덜미를 잡았다. 여자의 살과 내 살이 닿는 순간 불판 위에 올려놓은 오징어처럼 내 몸이 오그라들었다. 여자는 놀란 듯 내 몸에서 손을 뗐다. 여자는 내가 몸을 펼 때까지 잠시 기다렸다 다시 오른쪽 목덜미 부분을 쓸어내렸고, 한 지점에 멈추는가 싶더니 엄지손가락에 힘을 모아 세게 눌렀다. 나도 모르게 비명에 가까운 소리가 터져 나왔다. '제대로 하는 게 맞는 거야.' 꾹꾹 눌렀던 삐딱한 기분이 올라왔다.

"아프시죠? 여기가 많이 뭉쳐 있네요. 목디스크도 살짝 있어요."

"그걸 어떻게 아세요?"

"만져보면 알지요. 어깨도 그렇고 전반적으로 오른쪽 근육들이 많이 굳어 있어요. 잘 풀어주어야 해요."

여자는 찬찬히 내 몸 상태를 얘기했다. 지난번 목이 안 좋아 찾았던 병원에서 목디스크 초기라며 주의하라는 말을 듣긴 했었다. 여자가 제대로 몸 상태를 볼 줄 안다는 사실에 안도하면서도 비아냥거림이 비 온 뒤의 죽순처럼 삐죽삐죽 솟았다.

여자의 손길이 싫었다면 오지 말았어야 했다. 지금이라도 마사지를 그만 받겠다고 일어나는 게 맞았다. 내 속이 어지러운 것과 무관하게 여자는 마사지를 이어갔다.

마스크를 쓰고 있는 탓에 여자의 얼굴을 정확히 알 수 없었지만, 전체적으로 가냘파 보였다. 얼핏 본 손도 갸름했는데 그런 손에서 엄청난 힘이 나오고 있었다. 내 머릿속에서는 계속 의문이 일었다. 이 여자가 내가 찾는 임미숙일까? 하긴 임미숙이 어찌 생겼는지 알지 못하는데 여자의 얼굴을 본다고 해서 뭐가 달라지겠는가. 그래도 내가 알아보지 못한다면 여자는 나를 알아봐야 하는 게 맞지 않나. 나도 모르게 한숨이 새어 나왔다.

"긴장하지 마시고 힘을 빼세요."

아무리 힘을 빼려고 해도 딱딱하게 굳어 버린 몸은 말을 듣지 않았다. 그래, 여자는 내가 누구인지 모른다. 잠깐 인사를 나누었지만 바로 침대에 엎드리라고 말했기에 내 얼굴은 구멍 난 베개 공간을 통해 밑으로 향하고 있지 않은가. 그제야 바짝 날이 섰던 몸에서 힘이 빠져나갔다. 여자는 말했다.

"네, 좋아요."

강우는 올해 안으로 결혼하자고 했다. 2년 동안이나 만났으면 이제 가정을 꾸리는 게 맞다고 했다. 서로 바빠 겨우 얼굴만 보는 데이트보다 편안한 집에서 함께 생활하는 게 현명한 일이라고도 했다. 그의 말이 틀린 것은 아니었다. 결혼을 미룰 이유는 없었다. 강우는 결혼했다고 해서 변할 사람도 아니었다. 강우는 언제나 나를 먼저 생각해 주었다. 퇴근 후 데이트 장소도 내게 가까운 쪽으로 정했고 영화를 보거나 여행을 해도 내 취향에 맞춰주었다. 모든 결정권을 내게 준 그는 오히려 선택에 대한 고민에서 벗어나게 해줘 고맙다고까지 했다. 자기 의견을 흔쾌히 버린 그가 가끔은 답답했지만 어쨌든 우린 잘 맞았다. 그의 말이 이상하게 마음에 꽂혀 머릿속에서 맴돌기 전까지는 그랬다.

"올해 안으로 결혼하려면 조금 서둘러야 할 것 같아. 자기 집에서는 자기가 첫 결혼이라 기대가 클 것 같은데 어떻게 하면 좋을까?"

"나는 스몰 웨딩이 좋아. 번잡하게 하고 싶지 않아."

"아버님과 어머님은 성대한 결혼식을 원하실 것 같은데. 두 분은 사회적인 지위도 있으시니까. 작게 하면 서운하시지 않을까?"

아버지의 까마득한 직장 후배이기도 한 그의 눈빛이 흔들렸다.

"아니야, 가까운 친지와 친한 친구면 족해. 우리 결혼이잖아."

단호한 내 말에 강우의 얼굴이 굳어졌다. 그때 휴대전화 메시지가 왔다.

─ 선생님, 전화 좀 주세요.

민수 고모였다. 앞니로 입술을 깨물며 가만히 휴대전화기를 테이블 위에 내려놓았다. 뒤이어 벨이 울렸다. 이번에도 그 여자였다. '이 여자는 멈춤이 없다.' 나는 핸드폰을 거칠게 엎어 놓았다. 벨 소리는 멈췄지만, 무슨 수를 써서라도 자기 의도를 관철하고자 하는 난폭함이 배어 있는 여자의 음성이 고막을 때렸다.

'그래도 그건 아니죠.'

머리채를 흔들며 눈을 감았다가 떴다. 목소리의 주인은 민수 고모가 아니라 강우였다.

"그래도 그건 아닌 것 같아. 우리 부모님은 자기가 훌륭한 가정에서 자란 것을 자랑하고 싶어 하셔. 나이 들면 그런 걸 따지잖아. 우리 둘이 결혼을 하면 두 집안이 하나로 묶이는 거지. 여자를 알려면 장모님을 보라고 하더라고. 그 말대로라면 봄이는 완벽하지. 벌써 우리 부모님은 손자 손녀가 우수한 유전자를 가진 피를 이어받아 태어날 거라고 기대하시는걸. 이

번만큼은 나를 따라줘."

강우는 모든 게 결정되었다는 듯이 앞에 놓인 와인잔을 높이 들어 보이고 한입에 털어 넣었다.

여자가 묻는다.

"저를 어찌 알고 왔어요. 처음 보는 손님이신데요."

나는 당황했다.

"아, 아는 분이 소개해 주셔서."

"그래요. 누구실까. 요즘은 젊은 분들도 많이 와요. 시설이 조금 후졌지요. 젊은 사람들이 오기에는…. 들어왔다가도 실내 분위기를 보고 불법 마사지숍인가 싶어서 그냥 나가는 사람도 있어요."

나도 놀랐다. 예상은 했지만, 힐링타이마사지숍 문을 열자 밖의 환한 세상과는 너무나도 다른 세상이었다. 홍등가의 불빛처럼 붉은 실내가 나를 당혹스럽게 만들었다. 카운터에는 아무도 없었고 벽면에는 코끼리가 정면을 향해 서 있는 그림이 걸려있었는데 붓 터치가 그대로 살아있는 그림은 촌스러움을 더 했다. 코끼리가 태국에서는 행운과 힘의 상징이라고 했던 말이 떠올랐다. 카운터가 있는 홀은 좁았고 유리문으로 비친 내부 역시 어두웠다. 잠시 후, 어둠이 눈에 익자 양쪽 복도를 따라서 줄줄이 커튼이 내려진 공간들이 눈에 들어왔다. 설마 했던 내 추측이 맞았다. 이건 아니잖아. 만약 직원이 불러 세우지 않았다면 나는 얼굴을 붉힌 채 나와 버렸을 것이다.

여자는 계속 말을 이었다. 나는 여자의 말에 집중하려고 눈에 힘을 줬다.

"방문한 손님이 그냥 가기 미안해서 마사지 받는 경우가 있는데 또 오더라고요. 젊은 사람들은 실속파죠. 자신에게 맞으면 하고 안 맞으면 그만두죠. 젊은이들은 쿨하잖아요."

"…."

"시원하게 해드려야 하는데, 소개까지 받고 오셨다니. 나야 항상 최선을 다하지만 받는 손님에 따라 느끼는 것이 달라서요."

어쩌면 이리 천연덕스럽고 태평할까. 나는 숨소리도 내지 않고 들었다. 다문 입매에 힘이 들어갔다.

강우와 헤어져 집으로 돌아와 잊고 있었던 파란 상자를 책상 밑에서 꺼냈다. 상자 안에는 동생들이 태어나기 전 그린 가족 그림과 카네이션을 접은 종이들이 들어있었다. 기억도 잘 나지 않는 시간을 품은 파란 상자는 딱 한 번 열린 적이 있었다. 중학교 2학년 때쯤이었다. 가랑비가 내리는 날, 친구들과 교문을 나서는데 두 여자가 서 있었다. 검정 우산을 받치고 시커멓고 커다란 선글라스를 쓴 두 여자는 첩보 영화에나 나올 법한 모습이었다. 한 여자가 내 이름을 부르며 다가왔다.

"네가 김봄이니?"

"네…. 누구세요?"

"나, 네 엄마 친구."

나는 한 번도 본 적 없는 낯선 여자에게 눈을 치켜뜬 채 멀뚱히 고개를 숙였다.

"엄마 많이 닮았네. 눈이 크고 동그란 게. 제 엄마 판박이네."

"제가요? 저는 엄마 안 닮았는…."

여자는 입술을 씰룩이고 선글라스를 고쳐 썼다.

"잘 크고 있으면 됐네. 얼굴을 보니 건강해 보이고. 그럼 됐지 뭐."

여자는 혼자서 중얼거렸다. 그리고 다시 내 얼굴을 살폈다. 내 얼굴에서 뭘 보았는지 작게 한숨을 내쉬더니 가방에서 노란 메모지를 꺼내 뭔가를 적었다. 글자를 적기 위해 가슴께 기대놓았던 우산이 기울면서 빗방울이 여자 손등에 떨어졌다. 건네받은 메모지가 젖어 있었다.

"혹시, 누군가 필요하면 그 번호로 전화해. 알았지."

여자가 돌아서 멀찍이 서 있던 다른 여자에게로 다가갔고 머뭇대는 그녀의 손을 잡아끌고 사라져 버렸다. 끌려가는 여자의 뒷모습이 마치 납치당하는 듯 위태로워 보여 영화 속 주인공처럼 달려가 막고 싶었지만, 발이 떨어지지 않았다. 몇 분 사이에 일어난 일이라 정말 그런 일이 있었는지 혼란스러웠다. 아무에게도 말하지 않은 그날의 유일한 증거는 파란 상자에 넣은 메모지였다.

다시 꺼내든 메모지는 한쪽 귀퉁이가 쭈그러진 채 글자가 번져 임인지, 김인지 알 수가 없었다. 나는 왜 메모지를 파란 상자에 넣고 봉인했을까. 뭔지 모르지만, 말하는 순간 손가락 사이로 모래가 빠져나가듯, 비누 거품이 부풀어 올랐다 터져 버리듯이 무언가 사라질까 봐 침묵했는지도 모른다. 메모지를 상자에 넣는 날부터 나는 벽 뒤의 세상을 굳이 넘겨다보지 않기로 했다. 보이는 것만 믿으며 단순하게 살기로 했다. 의문을 품지 않는 삶이었지만 막연한 불안은 그림자처럼 나를 따라다녔다.

여자의 손이 내 등뼈를 따라 꾹꾹 누르며 내려간다. 등뼈가 펴지자 준비가 되었다는 듯 손아귀에 힘을 모아 꾹 누른다. 여자의 손이 차갑게 식은 내 몸을 휘젓고 있다. 근육을 모으고

늘리고 혈관을 넓히고 뚫고…. 여자가 나지막이 말했다.

"불편한 점이 있으시면 언제든지 말하세요."

언제든지 말하라고, 그럼, 언제든지 들어주겠다는 거야. 그 말이 내겐 이렇게 들렸다.

"필요한 일이 있으시면 연락하세요."

그런 말은 섣부르게 해서는 안 되는 말이었다. 그 여자도 나도. 그럼에도 그때 나는 진심이었다. 나는 자신이 있었다. 초등학교 초임 교사로서 아이들에게 힘이 되어주는 선생이 되고 싶었다. 말처럼 행동하려고 부단히 노력하기도 했다. 그러나 사람들이 나와 같지 않다는 걸, 혼자서 이룰 수 없다는 걸, 깨닫는 데는 오랜 시간이 걸리지 않았다.

아이들은 오지게 말을 안 들었고 상상을 초월하는 행동들을 끊임없이 해댔다. 아이들의 기발한 장난과 거침없는 말은 기함하고도 남았다. 겨우 아홉 살의 악동들, 그 악동들 뒤에는 더 큰 악동들이 버티고 있었다. 그래도 나는 의지를 불태웠다. 그러다 몽땅 타고 하얀 재만 남았다.

민수는 첫날부터 눈에 띄는 아이였다. 큰 목소리로 대답도 잘하고 붙임성도 좋았다. 친구들도 잘 도와주고 힘쓰는 일이 생기면 앞장서는 아이, 보고 있으면 흐뭇한 아이였다. 그런데 시간이 지날수록 쾌활함이 지나쳐 문제가 생기기 시작했다.

민수는 친구가 좋아서 끌어안은 것인데 당한 아이는 싫다고 울음을 터뜨렸다. 민수는 친구를 도와주려고 책을 펼쳐 준 건데 아이들은 자기 책을 마음대로 만졌다고 주먹을 날렸다. 그랬다. 보는 관점에 따라 민수의 행동은 달리 보였다. 오해받는 민수가 가여웠다. 민수가 부모님과 떨어져 고모 밑에서 생활한다는 걸 안 순간 더욱 민수에게 애착이 갔다. 친구들과 싸움이 있던 날, 기세등등 나타난 젊은 엄마들 사이에서 나이 든 민수 고모는 쩔쩔맸다. 다시는 친구들을 때리지 않도록 하겠다고 맹세하는 모습이 측은하기도 하고 슬퍼 보였다. 자기 자식도 아닌데, 조카를 위해 수모를 당하는 민수 고모가 안타까우면서도 대단해 보였다. 나는 확신에 차 있었다. 해맑던 민수의 모습을 되찾아줄 수 있다고 말이다. 그래서 민수 고모에게 말했었다.

"필요한 일이 있으시면 언제든지 연락을 주세요."

민수 고모는 고맙다고 연신 머리를 숙였고 내 손을 꼭 잡았다. 주름지고 거친 손이었지만 참으로 따뜻한 손이었다. 그런데 민수의 친구 괴롭힘은 시간이 흐를수록 더해 갔다. 말 잘 듣고 모범적인 모습은 온데간데없이 사라지고 없었다. 매일 사고 치는 민수를 어르고 달래느라 수업을 못 할 지경이었다. 민수 고모에게 연락하면 금방이라도 땅속으로 꺼져버릴 것 같

은 목소리로

"선생님에게 맡기겠습니다. 사람 만들어 주세요. 제게 필요한 것은 그것밖에 없어요. 제 자식이 셋이에요. 제 새끼도 잘 못 챙기는 판에 민수 놈이 저리 사고를 치니 제가 돌아버리겠어요."

나보다 한술 더 떠 신세를 한탄하면 민수가 더 미움을 받을까 봐 얼른 알았다고 전화를 끊었다.

학년이 바뀌어 다른 반 학생이 된 민수는 여전히 사고를 쳤고 그럴 때마다 나는 민수의 보호자로 불려 나갔다. 민수 고모는 일을 다녀서 바쁘다는 핑계로 나타나지 않을 때가 많았다. 민수 부모는 별거 상태로 어디에서 사는지 연락이 되지 않았다. 간간이 양육비는 고모에게 보내 주는 모양이었다. 사건이 겨우 마무리되면 민수 고모는 그제서야 전화를 걸어왔다.

"선생님, 고맙습니다. 저에게 선생님은 든든한 빽이에요. 누가 우리 민수를 이토록 사랑으로 보살펴 주겠어요. 이 은혜 잊지 않을게요."

민수만 생각하면 숨이 막히고 내가 먼저 돌아버릴 것 같았다. 마주치지 않으려 피해 다녔고, 민수의 졸업 날만 기다렸다. 이제 1년만 버티면 되는데, 민수는 계속 친구와 싸워 학교를 시끄럽게 했다. 야단도 쳤다가 달래기도 하고 갖은 방법을

다 동원했다. 예전에는 몇 번 말하면 다시는 안 하겠다고 뻔한 거짓말도 하더니 이제는 묵묵부답이었다. 내가 왜 이 아이에게 발목을 잡혀 분통을 터뜨리며 살아야 하는지, 억울해 눈물이 나왔다.

씩씩거리며 창밖을 바라보고 있는 민수에게 한 번만 더 말썽을 부리면 신경 안 쓰겠다고 엄포를 놓았다. 그때 민수의 머리에 붙은 종잇조각이 눈에 띄었고, 무심결에 떼어주려고 손을 앞으로 뻗었다. 찰나였다. 뻗은 내 손과 고개를 돌린 민수의 얼굴이 부딪친 것은. 민수의 커다래진 눈동자에 놀란 나의 표정이 비쳤다. 얼른 민수의 얼굴을 감쌌다.

"네 머리에 종이가 붙어서 떼어주려고 했던 거야. 알지?"

민수는 아무 말 없이 나를 노려봤다. 이 눈빛은 뭔가? 오해하고 있는 건가?

"여기 봐봐. 있잖아."

아이 눈앞에 종잇조각을 내밀었다. 젠장 머리에 뭐가 붙든 말든 뭔 상관이라고. 내 손을 밀치고 문을 거세게 닫고 나가는 민수의 뒷모습에 심장이 뛰었다.

다음 날 민수 고모가 득달같이 학교로 달려왔다.

"선생님이 우리 민수를 때렸어요? 우리 귀한 조카를요. 아무리 민수가 장난이 심해도 그렇지 이건 아니지요."

순박한 웃음을 짓던 민수의 고모는 온데간데없고 사납고 억센 여자만 남아있었다. 민수에게 괴롭힘을 당해 몰려왔던 엄마들보다 더 험악하고 분노한 얼굴이었다. 지금까지 참아왔던 수모를 한꺼번에 보상받겠다는 듯 달려들었다.

"우리 민수를 어쩔 거예요. 아이가 상처받아서 학교를 안 가겠다는데. 아이 망쳐 놓으니까 좋으세요. 겨우 민수 몇 번 돌봐줬다고. 하기 싫으면 싫다고 하지 왜 아이를 때려요. 그게 선생이야!"

포악스러운 민수 고모 말에 나는 무너져 내렸다. 이건 아닌데.

여자는 마사지에 집중했다. 자기 체중을 이용해 내 몸을 풀어주고 막힌 곳을 뚫어주는 데 온 정신을 쏟았다. 민수에 대한 생각이 머리를 잠식하자 심장이 빠르게 뛰기 시작했다. 여자의 손이 멈췄다. 심장에서 먼 곳부터, 내 손을 감아쥐었다 펴며 천천히 섬세하고 부드럽게. 차츰 편안하게 호흡이 돌아왔다.

부인하고 싶었지만,

여자의 손길은 따뜻했다.

언 내 몸이 여자의 손길에 녹고 있었다. 여자의 손길이 춤을 췄다. 오케스트라를 연주하듯, 부드럽게 천천히 힘을 모아 끌어 올리고 강렬하게 터뜨리고 다시 완만하게 시냇물이 흐르듯….

우리 집은 화목하다. 대기업 이사인 아버지와 대학교수인 엄마, 그리고 의대를 다니는 두 동생까지 완벽했다. 유일한 흠은 나였다. 그럼에도 엄마는 항상 내 의견을 존중했다. 하고 싶은 것은 뭐든 시켜 주었고 결과에 대해서도 관대했다. 결과물이 없어도 도전하는 데 의미가 있고 과정이 즐거웠으면 됐다는 식이었다. 그러니 엄마와 부딪칠 이유가 없었다. 반면 동생들은 철두철미하게 엄마의 관리하에 있었다. 결과가 신통치 않으면 엄마는 이성을 잃고 소리를 질러댔다. 얼어붙은 동생들을 대신해 맏이인 내가 엄마의 화를 풀어주려고 애썼다. 하지만 엄마는 눈길 한번 주지 않고 싸늘했다.

"네가 관여할 일이 아니야. 넌 방에 들어가 있어."

동생들이 잘못했다고 싹싹 빈 후에야 한바탕 소동은 끝이 났다. 동생들을 향한 매는 한 번도 나를 향한 적이 없었고, 그 애들은 누나만 편애한다고 투덜거렸다.

내가 대학에 입학하자, 아버지는 독립하는 것이 어떠냐고 물어왔다. 대답하기도 전에 엄마는 발끈했다. 안전한 집이 있는데 굳이 벌써부터 불안한 세상으로 내보내려고 하냐며 역정을 냈다. 금방이라도 큰 싸움이 벌어질 것 같아 얼른 결혼 전까지는 독립하지 않겠다고 선언했다.

"그래, 좋은 생각이야. 당연하지."

엄마가 내 손을 잡았다. 환하게 웃는 얼굴과 달리 손은 차가웠다. 따뜻하게 녹여주고 싶었지만, 엄마는 슬며시 손을 뺐다.

나는 여자의 이야기를 듣고 싶었다. 하지만 알고 싶은 것이 뭔지, 어떻게 물어야 하는지도 알지 못해, 다급해졌다. 무언가 말을 해야 했다.

"여기 마사지사분들은 태국분이신가요?"

여자가 말이 없다. 마사지에 몰입해 있어 내 말이 안 들리는 것 같았다. 나는 목소리에 힘을 줘 재차 물었다. 그러자 그녀가 꿈에서 깬 듯 말했다.

"아니요. 태국 사람은 없어요."

"입구에서 마주쳤던 마사지사의 억양이 외국인 같던데요."

"태국 마사지사들이 있는 곳도 있지만 여긴 없어요. 타이 마사지라고 하지만 마사지사마다 기술이 조금씩은 다르지요.

기본을 배운 후 자기만의 마사지법을 개발하는 거죠. 콩나물
도 똑같은 양념을 넣어 무쳐도 무치는 사람에 따라 맛이 달라
지잖아요. 사람 몸을 마사지하는 일이나 콩나물 무치는 일이
나 어찌 보면 비슷하죠. 골고루 잘 버무려 간이 잘 배고 맛을
내는 것, 마사지는 뭉친 곳을 풀고 막힌 혈을 뚫어 몸을 건강
하게 도와주는 거지요."

　막힌 곳을 뚫어주고 뭉친 것을 풀어준다. 양념이 잘 배게
콩나물 무치듯이. 나는 어이가 없었다. 사람 몸 마사지하는
걸 콩나물 무치는 데 비유하다니.

　"마사지를 자주 받으시는 분은 자기에게 맞는 마사지사를
만나면 그 사람에게만 받으려고 해요. 마사지사와 손님의 몸
이 맞는 거지요. 만약 마사지사가 다른 곳으로 옮겨 가면 손님
도 따라가요. 마사지사에게는 고객이 재산이지요. 이렇게 손
님이 절 찾아왔듯이. 마사지사들은 그래서 최선을 다해요."

　여자의 말에 코웃음이 났다. 그래서 지금 나에게 최선을 다
하고 있다는 말인가.

　여자가 내 다리를 들더니 자신의 넓적다리 위에 걸쳐 놓
았다. 팔등을 이용해 사타구니 림프샘 부위를 문지르기 시작
했다. 손이 깊이 들어올수록 민망스러웠지만 여자의 손놀림
은 너무나 자연스러워 이상한 생각을 갖는 내가 도리어 이상

했다. 등을 마사지하는 거나 사타구니를 하는 거나 똑같았다. 남자들에게도 똑같은 자세로 마사지하겠지. 낯선 남자의 몸을 밀착해 주물러 댄다고. 낯이 달아올랐다.

여자의 손아귀에 힘이 들어간다. 아파서 신음이 새어 나왔다. 여자는 아랑곳하지 않고 온 몸을 던져 마사지했다. 내 몸을 비단처럼 부드럽게 푸딩처럼 말랑말랑하게 만들어 놓겠다는 듯이. 여자가 묻는다.

"아프지 않아요?"

"괜찮아요."

호의적인 내 목소리에 내가 놀랐다. 여자는 그럴 줄 알았다는 듯

"아파도 조금 세게 마사지를 받아야 효과가 있어요. 너무 약하게 받으면 그때만 시원하지 소용없어요. 근본적인 걸 해결해야 해요. 마사지 몇 번 받는다고 아픈 곳이 낫는 건 아니에요."

과연 뭉친 걸 다 풀고 나면 좋을까, 뭉친 대로 그대로 사는 건 어떨까. 뭉친 채로 굳어져 세월이 흐르면 그게 원래의 모습이라고 생각하지 않을까. 변형된 것이 진실이라고 믿으면서, 거짓인지 모르면 그게 진실이지. 진실과 거짓을 어찌 구분 짓지. 실체를 알고 나면 분별할 수 있나. 진실과 거짓이 분명하

게 드러난 어느 날이 떠올랐다.

남의 얘기를 엿듣는 일은 옳지 않다. 어쩔 수 없이 들을 수밖에 없다면 그건 운명이다. 학교 일로 지방에 갈 일이 생겼다가 갑자기 행사가 취소되는 바람에 집으로 향했다. 그날도 민수는 사고를 쳐 나를 난감하게 만들었다. 그저 아무 생각하지 않고 자고 싶었다.

현관문을 열고 들어서는 순간 엄마의 흥분된 목소리가 들려왔다. 분노에 찬 목소리는 떨리기까지 했다. 항상 차분하고 교양 있는 엄마의 평상시 목소리가 아니었다. 거기에 아버지는 "그건 당신 생각이지"라고 무한 반복하고 있었다. 두 사람은 내가 들어온 줄도 모르고 이야기에 빠져 있었다. 한 번도 본 적 없는 상황에 잔뜩 긴장을 한 채 현관에 오도 가도 못하고 서 있었다. 엄마가 내 이름을 언급했다.

"봄이는 곁을 안 줘. 뭔가 허술해야 마음이 가지. 어쩜 저리 차가울까. 똑 부러지는 게 정이 없어. 내 아들들보다 먼저 챙기고 사랑해 주었건만. 편하게 키웠지. 내가 키웠나. 제가 스스로 자랐지. 제 할 일 알아서 하고 문제를 일으키기를 하나, 완벽하지. 근데 알아? 걔가 나를 어찌 쳐다보는지. 눈에 마음이 안 담겼어. 그냥 맹탕이야. 걔가 들어올 시간만 되면 심장

이 뛰어. 그래도 내가 엄만데 잘 해줘야지 하다가도 그 눈빛
만 보면. 내 새끼가 그렇게 건방진 표정을 짓는다면 머리끄덩
이를 잡아서 다 뽑아놓을 거야. 그 눈빛 누굴 닮은 줄 알아? 그
여자야. 봄이 엄마. 당신 모르지. 그 여자가 순순히 물러난 줄
알아? 내가 그 여자 앞에서 무릎을 꿇었어. 당신을 달라고. 그
여자는 아무 말 없이 감정이 전혀 없는 눈으로 나를 내려다봤
어. 행패를 부리거나 울고불고했으면 나도 마음이 편했을 거
야. 그럴 거라 예상했으니까. 그런데 그 여자는 아무 말도 안
했어. 한 마디도. 그런 눈빛을, 나는 봄이에게서 봐. 나를 쳐다
보는 눈빛이 그 여자랑 똑같아. 어디서 그런 못된 눈빛을….”

아버지의 낮은 음성이 들려왔다.

“봄이 엄마는 우리 둘이 죽을까 봐 겁이 나서 떠난 거야. 당
신도 알잖아. 내가… 그리고 당신이 아이를 가졌다고 죽겠다
고… 조직 사회에서 사형선고나 마찬가지라고. 봄이 엄마에
게 무슨 눈빛이 있었겠어. 정신이 나가 눈에 초점도 없었는
데. 당신 착각이라고. 오해라고. 언제까지 이러고 살 거야. 제
발 이제 그만해.”

“지금 내 앞에서 그 여자를 옹호하는 거야? 그 입 다물어!”

나는 조용히 문을 닫고 나왔다. 그리고 내 눈빛에 대해 생
각해 봤다. 내가 보지 못한 내 눈빛을….

내 눈빛을 닮은 여자를 찾기로 했다. 파란 상자에서 나온 뭉개진 메모지 속 전화번호가 유일한 단서였다.

"안녕하세요. 김미숙 님 되세요?"

"아니요. 전화 잘못 걸었어요."

"아니, 저 기억나지 않으세요. 김봄인데요. 예전에 제게 전화번호를 주셨지요. 누군가 필요하면 전화하라고 하시면서요."

나는 그녀가 전화를 끊을까 봐 다급하게 말했다.

그녀는 잠시 침묵하다 말했다.

"김봄이라고. 임미숙 딸, 그래 기억난다. 하지만 네 엄마와 오래전에 연락이 끊겨 어디 있는지 모르는데."

"그럼 알고 있을 만한 분은 없나요?"

잠시 침묵이 흘렀다. 결심했다는 듯

"네 엄마 있을 곳 아는 사람 연락처 알려줄게. 그런데 내가 말했다는 건 비밀이다. 절대. 하긴 나처럼 등 처먹은 사람이 한둘이라야지."

여자가 알려준 연락처로 전화해서 연결하고 또 연결해 다섯 번째에 임미숙이라는 여자가 있는 곳을 알아냈다. 사람들은 그랬다. 좋은 사람인데, 참 미안하기도 하고, 잘 살기를 바랄 뿐이라고. 그러나 절대 자기 전화번호는 알려주지 말라고. 위험을 감수하고 알려주는 건 그만큼 임미숙에게 미안해서 그렇다고. 임미숙이란 여자가 어찌 살았는지 전화 통화만으로 그림이 그려졌다. 뒤통수만 맞고 산 헐렁한 여자. 떨리는 내 손에는 '힐링타이마사지'란 상호와 전화번호가 쓰인 메모지가 들려 있었다.

힐링타이마사지, 힐링타이마사지….

나는 불쑥 여자에게 물었다.

"왜 이런 일을 하세요?"

도발적인 질문이었다. 여자의 손이 멈췄다. 여자는 다시 손에 힘을 주어 마사지를 했다. 그리고 아무 말도 하지 않았다. 손길이 거칠어졌다. 종아리 가운데를 꾹 누르자 눈이 찔끔 나올 정도로 아팠다. 아픔을 참는 나와는 아랑곳없이 여자는 천연덕스럽게 말했다.

"종아리가 뭉쳐 있어요. 서서 일을 하나 봐요."

"아, 네. 말을 잘못한 것 같아요."

"잘못하긴…. 남들처럼, 먹고 살려고 하는 거지. 다른 이유가 있겠어요."

"24시간 영업이라고 적혀 있던데 밤에는 다른 분이 근무하나요?"

"아니요. 여기서 숙식하면서 근무하지요. 여기가 집이자 직장이에요. 밤 2, 3시에 오는 손님이 있어 자다가 일어나 일을 하려면 힘들긴 하지만 마사지를 시작하면 정신이 또렷해지고 즐거워져요. 손님의 몸과 제 손이 혼연일체가 되는 기분, 제 마사지로 손님의 몸이 풀려가는 걸 느끼는 기분. 치유의 과정이 황홀한 거죠. 물론 직원들끼리 24시간 같이 있으니까 마찰도 일어나고 언쟁이 붙기도 하지만 모든 게 완벽할 수만은 없잖아요. 여기에서 못 견디는 사람은 또 떠나고 다시 일을 찾아 새사람이 오고. 누구나 자기 입장이 있으니까 받아들이는 거지요. 참, 내가 별 얘기를 다 하네요. 나를 소개 받았다고 하니까 친숙한 느낌이 들어서."

이 일이 좋다고, 참 쉽게도 산다. 홍등가 같은 불빛 속에서 24시간을 산다고, 도저히 이해가 안 됐다. 다시 마음이 꿈틀댔다.

밖에서 소란스러운 소리가 들렸다. 여자의 앙칼진 목소리와 남자의 거친 욕지거리가 들려왔다.

"야, 너 뭐한 거야?"

"야! 라니요? 손님이 이상한 짓을 했잖아요."

여자가 마사지하던 손을 멈췄다.

"뭐? 내가 뭘 했는데. 이따위로 하려면 하지 마. 이딴 실력으로 지금 날 이상한 놈 취급하는 거야 뭐야!"

밖의 소리에 귀 기울이던 여자가 몸을 일으키며 말했다.

"정말 죄송해요. 잠시만요."

여자는 밖으로 나가 마사지사와 남자 사이에서 중재하는 것 같았다. 그리고 차분하지만 또렷한 목소리가 들려왔다.

"손님, 뭔가 서로 오해가 있으신 것 같은데요. 흥분하지 마시고 말씀해 주세요."

"마사지나 하는 년이 내가 자기 몸에 손을 댔다고 발끈하네. 뭐 이런 개 같은 일이 있어?"

"뭐라고요! 아저씨! 아저씨가 제 가슴 만졌잖아요. 어디다 손을 대요."

발끈한 젊은 마사지사의 목소리가 들려왔다.

"증거 있어? 증거 있으면 가져와 봐. CCTV 있어. 있으면 가져와 보라고. 분위기는 음침해서 여기저기 꾹꾹 눌러 흥분시켜 놓고 도리어 나한테 뒤집어 씌워? 네가 먼저 끼 부렸잖아. 야, 줘도 안 먹어."

"지금 뭐라고 하셨어요. 방금 언어폭력 하신 겁니다. 이곳은 분명 건전 마사지숍이라고 말씀드렸고 마사지사는 당연히 손님 몸을 풀어드리기 위해서 온몸을 마사지할 수밖에 없습니다. 그게 우리가 할 일이지요. 만약 마사지사가 건성으로 한다면 그게 문제가 되겠지요. 그게 싫으셨다면 오시지 말았어야 합니다. 마사지를 받다가 신체적 반응이 왔다면 자제를 해야겠지요. 그럴 능력이 없으면 마사지 받지 마세요. 이곳은 손님이 오실 곳이 못 되고 저희도 마사지해 드릴 수 없습니다."

여자의 명료하고 확고한 목소리가 타이마사지숍을 뒤흔들었다.

"뭐라고, 지금 뭐라 그런 거야! 지금 네가 나한테 훈계질이야."

"다른 룸에서 마사지 받고 계신 고객분들 많습니다. 이 소동을 듣고 계실 겁니다. 아까도 말씀드렸듯이 여기는 건전 마사지숍입니다. 저희 매장의 원칙을 제대로 이해하고 마사지를 계속 받으시겠다면 받으시고 만약 아니라면 조용히 나가십시오. 계속 받으시겠다면 아까처럼 최선을 다해 마사지해 드릴 겁니다."

남자의 투덜거리는 목소리가 작게 들려오다 멎었다. 여자의 단호하고 설득력 있는 말에 다른 곳에서 마사지를 받는 사람들도 침을 꼴깍 삼켰을 것이다. 거칠고 막무가내인 남자를 상대로 여자는 품위가 있었다. 남의 눈이 보고 있다는 말에 남자가 한풀 꺾였는지 나중에 다시 오겠다는 말을 남기고 나가는 것 같았다. 금방 아무 일도 없었다는 듯 실내는 고요해졌다.

"손님 놀랐지요. 가끔 자제하지 못하고 불미스러운 행동을 하는 사람들이 있긴 해요. 그러고 보니 극한 직업이네요."

'그런데 이런 곳에서 일한단 말예요.' 속 마음과는 달리 나는 이해한다는 듯 "네"라고 대답했다.

"누구나 다 사연이 있지요. 왜 이런 곳에서 이런 대접 받으며 일하는지 이해가 안 갈 수도 있어요. 제 얘기 들어보실래요. 예전에 돈 많이 벌었어요. 그런데 어디서 돈 냄새를 맡고 왔는지 사기꾼이 계속 꼬였죠. 얘기를 들어보면 하나같이 진실하고 불쌍해. 나보다 더 불쌍해. 홀아비 마음 과부가 안다고 불쌍한 사람 마음, 불쌍한 내가 챙겨줘야지. 그런데 사람들이 내 맘 같지 않아. 사기를 당하고 또 당하고. 돈 잃고 사람 잃는다는 말을 경험으로 배우다니. 그런 건 경험하지 않아도 되는데. 그런 일이 반복되다 보니 몸도 망가지고 너무 아프니까 당장 아픈 것 해결하려고 마사지를 받다가 아예 마사지사가 되어 버린 거죠. 지금, 이 생활 참 좋아요. 남들이 뭐라 하든. 돌아보면 무언가 선택을 할 때 성공했든 실패를 했든 그땐 가장 좋은 것으로 선택했어요. 가장 좋은 선택이라는 게 나를 우선으로 했든 상대방을 우선으로 했든 그건 잘 모르겠지만 그 순간 최선을 다한 건 맞아요. 난 이 일에 감사함을 느껴요. 적어도 내 힘으로 피곤한 손님을 개운하게 만들어 주고 그 대가로 정당하게 돈을 벌고 있잖아요. 남 속이지 않고. 어디 불편한 데는 없나요?"

"…."

"내 돈 떼어먹고 간 놈들 다 잘 살더라고요. 속이 까매지긴 했지만 그래도 누군가에게는 좋은 일을 했으니까. 내가 좋은 일 한 대가는 누군가에게 갔을 거라 믿어요. 그럼, 하나도 속상하지 않아요. 누군가에게 그 복이 간 줄 아니까. 하나님, 부처님, 알라도 이 정도는 들어주셔야 하지 않나요? 어휴, 너무 말이 많았지요. 좀 몸이 풀려 가는 것 같아요?"

"…."

여자의 말에 갑자기 민수가 떠올랐다. 내게 민수가 아니라, 민수에게 나는 어떤 존재였을까. 여자의 말이 훅 들어왔다.

휴대전화 벨이 울렸다. 벨 소리를 진동으로 바꾼다는 걸 깜빡했던 모양이었다. 벨이 연속으로 울리자 여자는 보조 탁자에 놓인 내 휴대전화기를 집어서 전해 줬다. 박 선생의 이름이 찍혀 있었다. 나는 무슨 일인가 싶어 통화버튼을 눌렀다.

"봄이 선생님, 왜 이리 전화를 안 받아. 모든 문제가 다 잘 해결되었어. 민수 부모가 교장실로 아이 데리고 몰려와서 또 난동을 부렸는데 민수가 자기 손톱으로 지 얼굴 긁었다고 실토했어. 선생님이 머리에 묻은 종이 떼어주려다 자기 얼굴하고 부딪친 거라고. 집에 가다가 선생님이 너무 미안해서 괜찮다고 말하려고 다시 교실로 갔는데 봄이 선생님이 다른 선생님하고 말하는 걸 들었대. 민수 때문에 힘들다고 하는 말을. 자기를 사랑하는 사람은 오직 봄이 선생님이라고 생각했는데 그런 말을 들으니까 화가 나서 자기 얼굴을 긁었대. 참 어이가 없지? 그리고 제 고모한테는 봄이 선생님이 그랬다고 말하고. 이제 봄이 쌤, 마음 놓아. 그동안 고생했어. 내가 그랬지. 함부로 마음 주지 말라고. 잘못하면 된통 당한다고. 이렇게 말해도 뭐하나, 마음이 착해서 또 남 일에 앞장서겠지만 말이야. 어쨌든 다 내려놓고 푹 쉬어요. 참, 민수 사고 칠 때 한번도 안 나타나던 민수 부모, 한몫 챙기겠다고 나타났는데 정말 멀쩡해. 나 깜짝 놀랐다니까. 자세한 얘기는 나중에 해요."

속사포처럼 자기 말을 쏟아놓고 박 선생은 전화를 끊었다. 끊어진 화면에 바로 메시지가 떴다. 강우의 메시지였다.

─우리 상견례 언제 할까? 부모님이 서두르시네.

멍하게 앉아있는 나를 지켜보는 여자의 시선이 느껴졌다. 얼마의 시간이 흘렀을까. 여자가 나지막이 말했다.

"마사지 계속할까요?"

여자를 쳐다봤다. 크고 무해한 눈빛이 나를 보고 있었다. 나는 다시 누웠다. 여자는 아무 말 없이 부드럽게 내 다리를 마사지했다. 따뜻한 손길이었다. 여자의 손길이 나에게 괜찮다 괜찮다고 말하는 것 같았다. 눈에 눈물이 고였다. 이 손길이 멈추지 않았으면 좋겠다고 생각했다. 그냥 계속 나를 쓰다듬어 주었으면 좋겠다고 생각했다. 순간 내 다리 위로 물 한 방울이 떨어졌다.

*위 작품은 2024년 봄, 토지문화재단 창작실에서 집필했습니다.

석호潟湖

커튼이 내려진 창으로 희뿌연 햇살이 강의 눈꺼풀을 간질였다. 솨아솨아. 그의 귀에 파도 소리가 환청처럼 들려왔다. 몸을 일으켜 침대에서 벗어나 서너 발자국만 걸으면 바다를 볼 수 있었다. 강은 몸을 일으키려 허리와 다리에 힘을 주었다. 무의식적인 행동이었다. 그것은 거대한 상실감, 후회, 분노, 무겁고 서러운 감정으로 되돌아왔다. 강은 현실을 잊은 행동을 자주했고 어김없이 고통을 맛봤다. 바로 바다가 저기에 있는데. 그제야 강은 진영을 떠올렸다. 진영이 도와주면 바다를 볼 수 있다.

"진영아."

강이 진영을 불렀다. 아무 대답이 없다. 강은 진영이 방안에 없다는 사실을 깨달았다. 진영은 어디에 갔을까. 혼자 바다로 나갔을까. 창문과 커튼에 막혀 파도 소리가 들리지 않았지만 강은 누워서 천장을 올려다보며 파도 소리를 들었다. 그 속에서 진영이 보였다.

진영은 홀로 해변을 걷는다. 휠체어를 밀지 않는 그녀는 누구보다 가볍고 자유로워 보였다. 진영이 모래 위에 남긴 발자국을 파도가 지우고 달아나면 그녀는 자석에 이끌리듯 바다로 뛰어든다. 밀려갔던 파도가 되돌아오면 아이처럼 호들갑스럽게 모래사장으로 뒷걸음질 친다. 그녀의 웃음이 하얗게 부서지는 포말처럼 터진다.

쏴악쏴악 파도가 부서진다. 강은 요의가 밀려오는 것을 느꼈다. 우스운 일이었다. 동시에 공포스러운 일이었다. 환청 같은 소리가 요의를 재촉했다. 강은 발버둥쳤다. 급하게 윗몸을 일으켜 두 팔로 침대 바닥을 눌러가며 엉덩이를 들썩여 침대 헤드 쪽으로 몸을 움직였다. 금세 얼굴이 붉어졌다. 힘이 들어간 두 팔에 의해 펄럭대는 바짓자락이 끌려왔다. 한쪽은 무릎아래가, 다른 한쪽은 허벅지 반만 남긴 채 사라진 다리로 잠옷 바지는 맥없이 춤을 췄다.

"진영아!"

강은 다급하게 진영을 불렀지만 소용이 없었다. 진영이 멀

어진 만큼 화장실도 멀었다. 강은 다시 시도했다. 침대에 오
줌을 지리는 것만은 피하고 싶었다. 그는 두 팔로 몸을 굴렸
다. 침대에서 떨어졌다. 아픔을 느낄 겨를도 없었다. 요의는
강해지고, 그는 옆에 있는 휠체어를 붙잡을 생각도 못 하고 맹
렬히 화장실을 향해 기었다. 화장실 문은 열려 있었다. 조금
만 더 조금만. 숙소 현관문이 열리는 것과 동시에 화장실 타일
위로 노르스름한 액체가 강의 잠옷 바지를 적시며 흘러내렸
다. 화장실로 진영이 달려오는 소리를 외면하면서 강은 그래
도 침대는 피했다는 사실에 안도했다.

　　바다가 보고 싶다고 한 것은 강이었다. 사고 이후 세상과
문을 닫은 그가 무언가 원하는 것이 있다는 사실에 진영은 기
뻤다. 결코 예전의 그로 돌아가지 못하더라도 변화의 물꼬를
튼다면 그녀는 무슨 일이든 할 수 있었다. 그녀는 급해졌다.
휠체어가 편하게 다니고 숙소에서 바다가 바로 보이는 곳이어
야 했다. 들뜬 마음에 예전처럼 맛집도 검색해 놓았다.

　　진영은 D시에 도착하자마자 싱싱한 회를 먹자고 했다. 바
다에 왔으면 역시 회지. 문제는 한 뼘의 턱이었다. 겨우 그 턱
에 걸려 일정을 수정해야 했다. 바다를 앞마당으로 둔 횟집

은 실내로 들어가려면 신발을 벗고 한 칸을 올라가야 했다. 강이 마르기는 했어도 가냘픈 그녀가 업고 올라가기에는 무리였다. 그녀는 점심시간을 한참 넘겨 두어 테이블밖에 손님이 없는 한가한 실내를 둘러본 후, 안도와 함께 갈망의 눈빛으로 종업원을 바라봤다. 몇 명이시죠? 라고 묻던 종업원의 눈길이 문밖 휠체어에 앉은 강에게 멈췄다. 그의 눈빛이 피로감으로 물들었다. 숨도 멈춘 채 종업원을 바라보던 진영의 눈빛이 흔들렸다. 진영은 날 선 목소리로 아, 됐어요.라며 돌아서 나왔다. 강은 등을 보인 채 검푸른 바다를 바라보고 있었다. 진영이 짐짓 목을 가다듬어 하이톤으로 말했다. 우리가 원했던 분위기는 아니야. 좀 더 근사한 곳으로 가자. 강은 말이 없었고 진영은 입술을 지그시 깨문 채 휠체어를 밀었다.

숙소인 K리조트에 강을 데려다 놓고 진영은 다시 수산시장으로 차를 몰았다. 즐비하게 늘어선 횟집 앞에서 진영은 잠시 머뭇거렸다. 횟집에 와서 횟감을 고르거나 흥정하는 일은 언제나 강의 몫이었다. 그녀는 시끌벅적하게 무리 지어 횟감을 흥정하는 사람들 사이를 비집고 손님이 없는 가게로 들어섰다. 주인 여자는 뜰채로 수족관에서 우럭과 광어를 건져낸 후, 그녀의 앞에 내밀었다. 이어 제철이라 맛이 좋다며 빨간 고무

다라에서 숭어도 건져 올렸다. 마른침을 삼키며 그녀는 고개를 끄덕였다. 팔딱팔딱 온몸을 뒤틀어대는 우럭 옆에 광어는 죽은 듯 미동이 없었다. 그녀는 주저하다 주인 여자의 마음을 건드리지 않도록 조심해서 말했다.

"광어가 움직이지 않네요?"

"광어는 바닥에서 가만히 있는 것을 좋아해요. 걱정 말아요. 싱싱한 놈이니까."

진영의 얼굴이 붉어졌다. 머리가 잘려나가고 몸통 중 등뼈를 중심으로 앞면이 잘려 나간 숭어와 우럭이 꼬리로 도마를 탁탁 치면서 발버둥 쳤다. 광어 역시 시뻘건 피를 흘리며 살아 있었다는 것을 증명하듯 꿈틀댔다. 광어의 몸부림에 안도해야 할지 미안해야 할지 몰라 진영은 숨을 죽였다. 살만 발라지고 남겨진 머리와 뼈, 꼬리가 칼날에 밀려 도마 아래 놓인 파란 대형플라스틱 통속으로 떨어졌다. 그 안에는 형체를 잃어버린 잔여물이 그득했다. 고급스러운 접시 위에 부위별로 도톰하게 썰려 일렬로 놓인 회와 그 위에 식용 꽃송이. 너무 평범해서 당연했던 순간이 떠오르자 진영은 지그시 가슴을 눌렀다.

회는 강과 진영의 입맛을 돋우지 못했다. 회에는 소주지. 소주병을 흔들어 회오리를 만들며 주거니 받거니, 소소한 감

정까지 함께 나누었던 과거 기억들이 떠올랐지만 두 사람은
아무도 술 이야기를 하지 않았다. 무언가 비어 허전하다 못해
맹숭맹숭했고 까닭 모를 슬픔이 입맛을 버석하게 만들었다.
두 사람은 몇 점의 회를 집어 먹었다.

진영은 살신성인하여 식탁에 올라간 우럭과 숭어, 광어를
위해서라도 분위기를 띄우고 싶었다.

"싱싱하지?"

"… ."

"싱싱하지 않아?"

"… 응. 싱싱해."

심드렁한 강의 대꾸에 진영도 입을 닫았다. 입 밖으로 내놓
지는 않았지만, 그들은 같은 생각을 했다. 싱싱해서 뭐? 싱싱
해서 뭐냐고!

과거 의미 있었던 것이 지금은 아무 감흥을 일으키지 못했
다. 문득 진영은 다행이라고 생각했다. 지금 숨 막히는 순간
도 언젠가는 다른 감정으로 되살아날 수 있는 것이 아닌가. 미
래의 어느 날이 평범한 일상이 되어준다면 지금은 참을 만하
다고 말이다.

*

진영은 바다를 따라 난 둘레 길로 휠체어를 밀었다. 소나무 숲으로 이어진 다리가 보였다. 다리에 올라서 밑을 내려다보자 모래사장이 바닷물을 막고 있었다. 반대편에는 커다란 호수가 보였다. 도로 밑으로 난 길은 호수 주차장과 이어져 있었다. 주차장에는 텐트 두 대가 쳐져 있었는데 텐트 앞 돗자리에 앉은 두 남자가 낚시 장비를 손보고 있었다.

주차장에 텐트를 칠 만큼 호수 주변은 한적했다. 바다에 와서 굳이 호숫가에서 놀 사람은 많지 않을 듯싶었다. 팻말에 '석호潟湖'라고 적혀 있었다. 바닷물이 지하로 흘러들거나 해안으로 깊숙이 밀려 들어왔다 다시 바다로 가지 못하고 모래더미에 갇혀 민물과 섞여 만들어진 호수였다. 진영은 호수와 다리 너머 보이는 바다가 한 몸이었던 때를, 폭풍우가 쳐 바닷물이 거세게 몰려오던 그때를 상상했다. 갑자기 한기가 들었다.

호수를 따라 만들어진 산책로에는 사람이 없었다. 휠체어 굴러가는 바퀴 소리와 새들의 지저귐이 하늘로 흩어졌다. 진영은 길 양쪽에 늘어선 벚나무를 올려다봤다. 새들이 나뭇가지에 앉아 지저귀고 있는 듯했다. 나뭇잎 사이로 어둑한 하늘이 보였다. 바람이 부는 대로 나뭇잎들이 팔랑댔다. 새가 어느 나뭇가지에 앉아 있을까 찬찬히 살폈다. 가만히 귀를 기울이자 새소리는 호수를 둘러싸고 무성하게 자란 수풀에서 나는 소리 같았다. 진영이 강에게 물었다.

"새가 어디에서 우는 것 같아?"

"…."

강은 대답 대신 고개를 들어 나무를 올려다봤다. 나뭇잎 사이로 수많은 눈동자가 자신을 쏘아보고 있었다. 까만 눈동자, 연민과 동정, 호기심이 가득 찬 그 눈동자들. 오싹 소름이 돋았다. 강은 눈에 힘을 주고 동그란 물체를 뚫어지게 노려봤다. 그제야 눈동자의 실체가 까맣게 익은 벚나무 열매라는 걸 알았다. 자신이 우스꽝스러워 헛웃음이 나왔다. 그는 고개를 숙였다. 바닥에 떨어진 열매가 흩어져 있었다. 열매와 눈동자는 한 끗 차이였다. 그는 바퀴 핸드림을 돌렸다. 열매들이 휠체어 바퀴에 짓이겨져 길을 검붉게 물들였다.

주위에 귀를 기울이던 진영이 굴러가는 휠체어 손잡이를 달려가 잡았다. 그녀는 새소리에 정신이 팔렸고 강은 벚나무 열매에 정신을 빼앗겼었다.

"혼자 할게."

강이 경직된 목소리로 말했다.

"아니 괜찮아. 내가 밀게."

진영이 황급히 말했다.

"아니야. 걷기 좋은 길인데 운동 삼아 산책해. 나는 천천히 둘러볼게."

강이 두 손에 힘을 줘 바퀴 핸드림을 돌리자 휠체어가 앞으로 굴러갔다. 순간 그녀의 표정이 굳어졌다. 바다를 보고 싶다고 한 것은 너잖아. 둘이 이 먼 곳까지 오는 게 얼마나 힘들지 알면서도 너를 위해 왔잖아. 뭐가 불만이야. 뭐가 마음에 안 들어 그렇게 입을 내밀고 있는데. 자칫 삭히지 않은 말이 튀어나올까 진영은 얼른 두 손을 모아 입을 막았다.

바다에서 호수 쪽으로 방향을 틀어서 그런가 싶기도 했다. 어쩔 수 없었다. 바다 근처는커녕 모래사장으로 들어가지도 못하고 먼발치에서 바라만 보는 상황을 그녀는 참을 수 없었다. 숙소에서 내다볼 때와는 사뭇 다른 기분이었다. 마음껏 모래사장을 걷고 바닷물에 발을 담그고 달려오는 파도와 장난을 치며 웃는 사람들을 심통스러운 눈으로 바라보는 자신이 싫었다. 당연한 일상이 당연한 것이 아니게 돼 버린 현실. 그래서 모르는 사람들에게 적의를 갖는다는 것. 세상을 이전의 시선으로 볼 수 없다는 것. 앞으로 많은 시간을 그렇게 버티고 견뎌내야 한다는 것. 이제 겨우 서른둘인데. 그것이 슬펐다. 강도 마찬가지일 거라 생각했다. 그래서 휠체어 방향을 틀어 이곳으로 왔는데 화난 사람처럼 입을 꾹 다물어버리다니.

진영은 강의 기분에 따라 움직이는 인형이 되었다. 혹시 그가 무서운 생각을 하고 무서운 행동을 할까 봐 두렵고 겁이 나 자신을 잊고 살았다. 무엇이 좋고 싫은지 중요치 않았다. 강이 살아있기만 하면 다 괜찮았다. 그렇게 생각했다. 무심하게 앞으로 굴러가는 강의 휠체어를 보면서 울컥 목울대가 뜨거워졌다.

강은 혼자 있고 싶었다. 등 뒤에서 간헐적으로 들려오는 진영의 숨소리는 그를 괴롭혔다. 찍찍 찌르르 삐리리 온갖 새들의 소리에도 등 뒤에서 그녀가 내쉬는 숨소리는 또렷이 그의 마음을 헤집었다.

하늘은 금방이라도 비가 올 것처럼 잔뜩 어두워졌다. 양옆으로 늘어선 벚나무는 무성한 나뭇가지로 인해 아치형 터널을 만들었다. 강이 멈칫댔다. 동굴. 시커먼 입을 벌린 동굴. 모든 걸 삼켜버릴 블랙홀. 강은 두 손에 힘을 줘 바퀴 핸드림을 잡았다. 멈추지 않는다면 빨려들어 흔적도 없이 사라질지도 모른다. 그렇다면 빨려들어 가볼까. 그는 정면을 노려봤다. 핸드림에 힘을 줘 바퀴를 빠르게 굴렸다. 휠체어가 질주했다. 뻥 뚫린 길을 휠체어가 빠르게 굴러갔다. 강은 무아지경이었다. 순간 앞에 커브 길이 나타났다. 속도 때문에 휠체어가 휘청댔다. 강은 핸드림을 잡았다. 급제동에 휠체어가 나동그라질 뻔했다. 자신도 튕겨져 바닥에 내리꽂힐 것 같았다. 가까스로 휠체어는 멈춰 섰다. 그는 한동안 그대로 있었다. 다만 눈에서 눈물이 뚝 떨어졌다. 환청과 환각. 각성제도 안 먹는데 그는 혼돈 속에 던져진 기분이었다. 통제할 수 없는 스스로의 모습과 맞닥트릴 때 외롭고 무서워서 눈물이 흘렀다.

계획대로였다면 강은 지금쯤 회사에서 진행하는 국제협력 프로젝트에 참가해 유럽에 가 있었을 것이다. 탁월한 인재에게 주어졌던 단 한 장의 티켓. 프로젝트를 통해 협력회사의 핵심 기술을 전수받는다면 독보적인 전문가로 인정받을 수 있는 기회였다. 프로젝트 파견자가 발표되던 날의 기쁨과 기회를 잡기 위해 뛰었던 시간과 노력이 눈앞에 스쳐 지나갔다. 그러나 한 순간의 선택으로 모든 것이 사라지고 말았다.

강은 수천 번, 수만 번을 '왜 그랬을까?'를 되뇌었다. 이유는 없었다. 굳이 찾자면 자신의 천성이자 한결같은 결이 낳은 선택이었다. 아니 선택도 아니었다. 반사적으로 몸이 반응했을 뿐이다.

퇴근길이었다. 손에는 진영이 좋아하는 와인이 들려있었다. 해외프로젝트에 선정된 것을 축하하기 위해 축배를 들 예정이었다. 콧노래가 절로 나오고 실실 웃음이 새어 나왔다. 신호등이 파란불로 바뀌었지만 들뜬 마음에 보지 못했다. 옆에 서 있던 사람들이 우루루 건널목으로 들어선 후, 강도 뒤따라 건널목을 걷기 시작했다. 그때 앞선 한 무리의 사람들 뒤로 힘겹게 걸음을 옮기는 노인이 눈에 들어왔다. 동시에 미친 듯이 달려오는 트럭이 보였다. 찰나였다. 그가 노인을 밀치고 트럭에 깔린 것은.

　　찬바람을 일으키며 굴러간 휠체어 뒷모습을 멍하니 바라보다 진영은 벤치에 앉았다. 맥이 풀렸다. 사고가 난 후, 그녀는 기도하고 또 기도했다. 강을 살려만 주시면 뭐든지 다 하겠다고. 그가 두 달 만에 깨어났고 두 다리가 잘려 나갔어도 강이 옆에 있다는 사실에 감사하고 또 감사했다. 긴 잠에서 깨어나 사라진 두 다리를 받아들이지 못해 울부짖는 강을 위해 승진을 눈앞에 두고도 미련 없이 회사에 휴직서를 냈다. 그의 회복을 위해 모든 것을 미뤄두고 보류했다. 진영의 24시간은 오로지 강을 향해 있었다.
　　강은 쉽사리 마음을 잡지 못했다. 몸이 불편해진 만큼 정신도 피폐해졌다. 사라진 다리가 가렵고 아프다고 강은 몸부림쳤다. 환지통이었다. 강의 없어진 다리 부위를 밤새 진영은 긁고 주물렀다. 집안에서 거울이 사라졌다. 변해 버린 자신을 보지 않겠다며 강은 거울을 치우라고 소리를 질러댔다. 의족을 맞춰 왔지만 착용하기는커녕 눈에 띄지도 못하게 했다.

운동으로 다져진 훤칠한 강의 몸은 어떤 옷이든 잘 소화했다. 강은 자신의 몸을 자랑스러워했었다. 그에게 잘려 나가 뭉툭해진 다리는 부끄럽고 비참한 일이었다. 그러나 진영은 그의 몸이 이상하지 않았다. 멋있고 흉칙하고의 문제가 아니었다. 생존의 문제였다. 그만큼 진영은 강을 사랑했다.

진영은 이해했다. 그럴 수 있다고. 자신도 그 처지라면 그럴 수 있다고. 하지만 1년이 지나고 2년이 가까워 오자 마음 깊은 곳에서 작은 불씨가 피어오르는 것을 느꼈다. 뜨거운 무언가가 명치를 달구고 심지어 목구멍까지 치밀어 올라 화끈거리게 만들었다. 강이 부스럭대는 소리만 들려도 득달같이 달려가던 그녀가 이제는 두어 번 불러야 몸이 움직였다. 자신도 모르게 또 뭐야? 뭘 해달라는 거야. 불쑥 치미는 생각. 이런 생각을 한다는 자체가 또 그녀를 괴롭혔다. 변해가는 자신과 사람들에게 잊히길 원하는 강의 행동이 불안하고 무서웠다. 그래서 그녀는 과거를 자꾸 붙잡으려 했다.

어느 날 진영은 강과 함께 산책을 나갔었다. 진영은 갑자기

주머니가 가볍다는 생각이 들었다. 항상 핸드폰을 손에 들거나 주머니에 넣었는데 텅 빈 손과 가벼운 주머니의 느낌. 정신이 아득해졌다. 신분증과 카드, 당황해서 핸드폰을 잃어버렸다고 하자 강이 냅다 뛰기 시작했다. 한 마리의 하이에나처럼 맹렬히 달리기 시작했다. 잠시 후, 천천히 왔던 길을 되짚어 땅바닥을 살피던 진영에게 숨이 넘어갈 듯 헐떡이며 강이 달려왔다. 그의 손에 핸드폰이 들려있었다.

왜 덤벙대냐고 타박 한마디 안 했던 그. 이토록 따뜻한 남자가 있을까? 실수나 잘못을 탓하지 않는 것, 그게 사랑이 아닐까 싶어졌다. 진영은 벌떡 일어나 빠르게 걷기 시작했다. 잊고 있었던 좋은 기억들이 사라지기 전에 강을 만나고 싶었다. 저 멀리 강의 휠체어가 보였다.

"여기 있었어?"

"…."

"와, 노란 금계국도 예쁘고 하얀 개망초도 귀엽네. 저 초록 갈대도 멋지고. 우리 좀 더 가까이 가보자."

갈대밭을 가로질러 호수 중심지까지 데크 길이 나 있었다. 그 길을 걷다 보면 호수 수면과 갈대를 동시에 즐길 수 있을 것 같았다. 진영은 손아귀에 힘을 주고 휠체어를 데크 쪽으로 밀었다. 진영의 마음과는 달리 휠체어 바퀴는 나무 널빤지를

이어 붙인 연결부위에 걸려 자주 삐걱댔다. 그녀는 이리저리
바퀴의 방향을 틀면서 한 칸 한 칸 앞으로 나아갔다. 힘은 들
었지만, 탄성이 절로 나왔다. 바람이 불어오자 갈대들이 일제
히 누웠다 일어났다. 그녀가 감탄했다.

"와아, 멋지다. 그치?"

"…."

강의 얼굴은 핏기가 사라져 하얗게 변해갔다. 진영이 조심
스럽게 휠체어를 밀었지만, 이리저리 방향을 트는 바람에 강
의 속은 요동을 쳤다. 눈앞에 펼쳐진 긴 데크 길을 보면서 아
득해지기까지 했다. 다시 돌아가자고 할 수도 없고 덜컹이며
가야 할 길에 멀미가 났다. 뭐가 좋은데. 뭐가? 하지만 강은
입을 꾹 다물었다. 진영이 다시 말했다. 목소리가 가라앉았지
만, 그는 알지 못했다.

"저기까지 가서 쉬자."

외길로 이어진 데크는 호수의 중심지에 이르러 널찍한 쉼
터가 마련돼 있었다. 진영은 쉴 공간을 만났다는 사실에 기분
이 좋아졌다. 이제 거의 다 왔다. 그녀의 얼굴에 웃음기가 감
돌았다. 순간 덜컥, 한쪽 바퀴가 내려앉았다. 강의 몸이 한쪽
으로 쏠렸다. 진영은 놀라 휠체어 손잡이를 힘껏 잡아 올리며
한 손으로는 그의 어깨를 감싸 안았다. 다 왔다고 방심했던 게

문제였다. 바퀴가 널빤지 하나를 들어 올렸고 그 힘에 널빤지 일부가 부서져 틈새로 바퀴가 빠져버렸다. 널빤지는 안전을 가장하고 감쪽같이 놓여있었다. 손잡이를 아무리 틀어 빠져 나오려 해도 바퀴는 꿈쩍도 안 했다.

"괜찮아? 놀랐지. 내가 가서 사람들을 불러올게."

"….."

"아니, 119로 신고할까? 너무 오번가? 산책로니까 지나가는 사람들이 있을 거야. 조금 기다려볼까?"

강은 아무 말이 없었다.

"그게 좋겠지. 그럼, 여기서 쉴까? 괜찮겠어?"

진영의 물음에 시큰둥한 강의 대답이 돌아왔다.

"괜찮아. 아무렴 다리가 무너지겠어."

꼭 저렇게 비틀어 말을 할까. 진영은 휠체어 손잡이를 슬며시 놓았다 다시 힘껏 잡았다. 아니지, 판자가 약하다면 휠체어가 밑으로 떨어질지도 몰라. 당황한 진영은 얼른 고개를 숙여 바퀴가 낀 곳을 살폈다. 휠체어가 내려앉지는 않을 것 같았다. 진영이 한숨을 폭 내쉬었다.

강은 분노가 치밀었다. 널빤지 틈에 끼어 오도 가도 못하는 자신의 신세가 한심하고 억울해서 몸이 부르르 떨렸다. 각종

스포츠를 즐기고 업무차 세상 이곳저곳을 날아다녔던 자신이 아니던가. 휠체어에 앉아 누군가의 손길을 기다려야 한다니. 어쩌면 널빤지가 자신의 몸무게를 견디지 못해 부러진다면 물속으로 추락할 수 있었다. 그렇다면 기어서라도 의자에서 내려와야 하나. 아니 휠체어가 고장 난다면 진영은 더 힘든 일에 봉착하게 된다. 수리 센터를 찾아다녀야 하고…. 하지만 차마 자신을 바닥에 내려달라고 하고 싶지는 않았다. 눈에 물기가 차올랐다. 그때 감탄하듯 진영이 말했다.

"와우, 물고기가 점프를 했어. 여기저기서 물고기가 뛰어올라. 봤어? 아름답네."

강은 고개를 들었다. 그의 시선은 난간에 가려 수면이 보이지 않았다. 지그시 두 눈을 감았다. 그리고 어금니를 질끈 물고 말했다.

"물고기가 튀어 오르는 것은 살기 위해 튀어 오르는 거래. 염분농도가 짙어져 물 안의 산소가 부족해서, 아니면 몸에 붙은 기생충을 털어내기 위해서, 그것도 아니면 물 위를 날아가는 날벌레를 잡아먹기 위해서라는 거지. 남들은 신나서 멋지다고 하지만 물고기는 뛰어오르는 원동력과 떨어질 때 마찰력을 감수하고서 살고자 뛰어오르는 거지. 사실 이것도 인간들의 추측이긴 하지만 물고기가 아닌데 어찌 알겠어."

"그래? 놀라운 사실이네. 아니 물고기들의 놀이일 수도 있잖아. 물고기의 비상을 살기 위한 몸부림으로만 보고 싶진 않아. 당신 말대로 상대방이 돼보지 않고서 알 수 없지."

두 사람은 입을 다물었다. 어느 순간부터 말이 서로 삐딱하게 어긋났다. 얼마의 시간이 흘렀을까 진영이 침묵을 깨고 말했다.

"사람들이 왜 이렇게 없지? 바닷가에는 그렇게 많았는데…안 되겠어. 내가 사람들을 불러올게. 잠깐만 있어."

"…."

진영이 휠체어 손잡이에 걸어 놓았던 가방을 챙겨 일어났는데도 강은 아무 말이 없었다. 순간 팽팽하게 당겨졌던 진영의 감정의 끈이 뚝, 하고 터지고 말았다. 진영은 발끈했다. 대답하지 않는 무언의 행동이 그녀의 심장박동을 빠르게 뛰게 했다.

"무슨 말이든 해야 할 것 아니야. 그래야 내가 가든지 말든지 하지. 내가 미친년이야? 혼자 북 치고 장구 치게. 아니 관광지라고 사람들을 불러 모았으면 길이라도 제대로 정비해 놓아야지. 이게 말이 돼. 길 정도는 누구나 편하고 안전하게 다닐 수 있게 해야지. 만약 누가 추락이라도 한다면 어쩔 거야. 그 사람의 인생을 어떻게 책임질 거냐고. 그리고 바닷가에는 그리 바글거리면서 이 호수에는 왜 사람이 이리 없는 거야. 그래서 관리를 안 하는 거야? 사람들에게 인기 없으면 버려놔도 되는 거야? 모두가 무책임해. 정말 무책임해."

누구를 향한 분노인지 진영은 얼굴이 벌게져서 소리를 질러댔다. 그럼에도 강은 아무 반응이 없었다. 진영은 차분하게 강을 달래듯 말했다.

"혼자 있는 게 무서워서 나를 못 가게 하는 건 아니지? 주차장까지만 가도 사람들이 있을 거야. 낚시하던 사람들 말이야."

그래도 강은 아무 대답이 없었다. 순간 진영이 격앙된 목소리로 말했다.

"지금 당신은 나를 질책하고 있어. 내가 뭐 경치에 미쳐서 이 데크 길을 선택한 줄 알아. 당신을 위해서야. 그런데 지금 휠체어 하나도 못 밀어 이곳에 갇히게 했다고 나에게 화를 내는 거야. 나는 당신보다 더 무거운 족쇄를 차고 있다고. 당신은 눈에 보이는 족쇄지만 나는 눈에도 안 보여. 이제는 돌아와야지. 언제까지 투정만 부릴 거야. 당신도 변해야지. 나만 발버둥 치면 뭐가 달라져? 달라지냐고!"

강의 얼굴에 경련이 일면서 바퀴를 잡은 손등에 푸른 힘줄이 섰다.

"내가 좋아했던 이강은 어디로 간 거야. 당신 이강 맞아?"

휠체어 뒤편에 있던 진영이 돌아서 강의 앞으로 나섰다. 깊은 주름을 만든 강의 얼굴을 바라보고 진영은 감정을 꾹꾹 눌러가며 말했다.

"난 당신이 바다를 보고 싶다고 했을 때, 내심 기뻤어. 당신이 드디어 정신을 차렸구나. 그런 생각을 한 내가 멍청이지."

강이 무표정하게 진영을 바라봤다. 진영이 두어 발짝 물러나 시선을 멀리 던졌다.

동아리 봉사활동을 마치고 마지막 날 동료들과 함께 바다로 갔었다. 여름휴가 막바지라 바닷가는 사람들로 붐볐다. 너나 할 것 없이 바다에 들어가 물놀이를 했다. 진영은 동료들이 노는 모습을 물끄러미 지켜보고 있었다. 신나게 노는 모습이 부럽기는 했지만 물이 무서웠다. 무서워서 보는 것으로 만족했다.

한 가족이 눈에 들어왔다. 바로 그녀의 앞에 있었다. 젊은 부부와 네다섯 살로 보이는 아이 하나. 남자와 아이는 모래성을 쌓기 시작했고 여자는 노란 튜브를 감고 바다 위를 떠다녔다. 물결이 세지 않아서 살랑대는 느낌이 좋았을 거다. 사랑스러운 그림이었다.

남자와 아이가 쌓은 모래성이 점점 그럴듯하게 완성되어 갔다. 진영은 완성된 모래성을 두고 엄마를 찾는 아이의 시선을 좇았다. 노란 튜브를 찾았다. 저 멀리 노란 튜브가 점처럼 보였다. 물결에 휩쓸려 바다 깊은 쪽으로 흘러가고 있었다. 분명 문제가 생겼다. 진영은 다급하게 소리를 질렀지만 목소리가 나오지 않았다. 저기 보트가 떠내려가요. 저기, 저기 좀 봐요. 큰일 났어요. 겨우 나온 진영의 목소리가 떠들고 노는 사람들의 소리에 묻혔다. 진영이 달려가 아이 아빠를 흔들었다. 저기를 보세요. 저기를. 그때서야 사람들이 노란 튜브를 바라봤다. 아이 아빠는 당황해 어쩔 줄 몰라 했다. 물로 뛰어들었다가 다시 되돌아서 구조대원을 찾으러 달려갔다. 정신이 나가 보였다.

그때 누군가 노란 튜브를 향해 헤엄쳐나갔다. 거세진 물살을 가르며 헤엄쳐 간 그는 겨우 튜브를 붙잡았다. 여자가 남자의 목을 끌어안는 것 같았다. 자칫 모두가 빠져 죽을 수도 있었다. 드디어 바다와 사투 끝에 남자가 여자를 구해냈다. 남자는 모래사장에 맥없이 쓰러졌다. 남자가 죽었을까 봐 진영은 겁이 났다. 친구들이 모여들었고 잠시 후 남자는 일어나 앉았다. 엄청난 소동에도 불구하고 모래성은 그대로 있었다. 진영은 머리채를 흔들어 물기를 날려버리는 남자와 모래성을 번

갈아 봤다.

그날 진영은 사랑에 빠졌다. 아무도 안 보이고 오직 그 남자만 보였다. 전에는 그가 과하다 싶을 정도로 자신감이 넘쳐 잘난 척하는 것 같아 진영은 코웃음을 쳤었다. 그런데 그날 그에게 빠지고 말았다. 그는 영웅이었다.

"알잖아. 그날 통곡의 바닷가를 해피엔딩으로 만든 게 누군지. 몰라? 이강 씨!"

"그때 네가 나의 어떤 모습을 보았는지 모르지만, 지금의 내가 나야."

"그러지 마. 제발. 당신 때문에 한 가족이 행복하게 되었다고."

"아니, 내가 뛰어들지 않았다면 다른 누군가가 했겠지. 너무 의미를 부여하지 마. 그리고 내가 구해서 그 가정이 행복하게 산다고? 확실해? 모르는 거야. 더 불행하게 살지. 그래 그집은 잘 산다고 쳐. 또 한 집은 어땠어? 늙은 부모 살려낸 것은 생각 안 하고 밀쳐서 다친 병원비 내놓으라고 찾아와 행패 부렸던 새끼들은. 세상이 그런 곳이야. 어쭙잖은 객기가, 내 빌어먹을 성향이 나를 어떻게 만들었는지. 보라고. 봐! 내가 살려낸 놈은 아무 일도 없었다는 듯 일상으로 돌아가 잘 먹고 잘 사는데 지금 나는? 내 고통이 너의 고통이 되어버렸잖아. 그런데 나보고 벌떡 일어나라고? 벌떡 일어나서 또 무슨 짓을 저지르게. 아예 드러누워 버리는 게 나아. 그게 널 돕는 일인지도 몰라."

"이미 일어난 일을 어쩔 거야. 그래 당신의 빌어먹을 성향이 문제일 수 있어. 그것을 내가 좋아했다고. 내가 얼마나 당신을 쫓아다녔는지 모르지. 당신 눈에 띄려고 당신 수업 시간도 체크하고 동선도 확인해서 당신 근처에서 맴돌았다고. 우리가 그렇게 자주 만난 게 우연이라고 생각해? 다 내 계획이었어. 우연을 가장한 인연을 만든 게 나라고. 그런데 이렇게 쉽게 무너지면 안 되지."

"계획은 바꾸라고 세우는 거야. 계획대로 되면 인생이 무슨 재미가 있겠어. 당신도 봐. 나를 그렇게 사랑했다면서 이젠 내가 지겹잖아. 가면 쓰지 않아도 돼."

"뭐? 내가 언제 가면을 써! 무슨 가면?"

"가면 쓰는 게 아니면 뭐야? 왜 전화만 오면 내 앞에서 안 받고 방으로 들어가지? 그리고 음악까지 켜 놓고…."

강의 눈이 이글이글 불타올랐다.

"다 당신을 위해서야. 듣지 않는 게 좋을 것 같아서."

진영이 한풀 꺾인 음성으로 말했다.

"그게 뭐 대단한 일이라고. 그래 말할게. 회사에서 더 이상 나를 기다려 줄 수 없대. 업무 중요도가 커서 계약직에게 맡기기는 힘들대. 당신이 기력만 찾는다면, 재활 운동에 집중만 하게 된다면, 그때까지만 기다려 달라고 했었어. 알잖아. 내가 내 일을 얼마나 좋아했는지. 사표 내겠다고 했어. 그런데 웃기게도 내가 뭐란 줄 알아. 당신이 제자리로 돌아오면 다시 받아달라고 했어. 나를 받아달라고."

"그렇게 비굴해질 만큼 좋아하는 일을 나 때문에 포기한다고. 그러지 마. 제발. 나를 더 비참하게 만들지 마."

"이 상황에서도 당신 자존심만 생각해. 현실을 보라고. 벌써 2년이 가까워 와. 당신 왜 사람들 전화 안 받아? 당신 찾는 사람 있을 때, 끈을 잡아야지. 집안에만 틀어박혀 살 거야? 앞이 막히면 돌아가거나 뛰어넘어야지."

"말 잘했다. 이 몸으로 뛰어넘을 수 있겠어? 이 다리로!"

"말꼬리 잡지 마! 당신이 사춘기 아이야? 바보처럼 굴지 말라고. 내가 네 엄마야? 내가 참을 수 없는 건 의지가 없다는 거야. 몸이 자유롭지 못하면 정신이라도 자유로워야지. 벌어진 상황에서 자신을 쓰레기통에 처박든지 새로운 문을 열고 나갈지는 당신에게 달렸다고. 휠체어를 타서 힘들겠지만, 일상생활을 할 수 있잖아. 봐, 우리 곁에 있었던 사람들도 일상을 찾아가잖아. 당신도 할 수 있다고. 엄살떨지 마."

강이 진영을 노려봤다. 한참을 눈꺼풀도 끔벅이지 않고 침묵하던 그가 서늘하게 말했다.

"그럼, 가고 싶으면 가."

"뭐? 가라고?"

"책임감 때문에 내 곁에 있어 주는 것은 우리 둘 다 비참해지는 길이야. 그러니 가고 싶으면 가."

"책임감 때문에 내가 이러고 산다고? 이게 책임감으로 보여? 가고 싶으면 가라고. 그건 가지 말라는 소리보다도 더해."

"뭐? 그럼 가. 가라고! 이제 됐어."

강이 눈을 부릅뜨고 고함을 질러댔다. 수풀과 호수의 수면이 거칠게 일렁였다.

강은 혼란스러움에 몸을 비틀었다. 낯선 진영의 모습에 그는 입술이 바짝 말랐다. 벗어나야 한다. 이곳에서 벗어나야 한다는 생각이 그를 지배했다. 그는 있는 힘껏 엉덩이를 들썩였다. 휠체어를 빼내 보려고 애를 썼지만 그럴수록 바퀴는 널빤지 틈 사이로 빠져들었다. 얼굴에 진땀이 흘렀다. 그가 고개를 돌렸다. 순간 그의 눈앞에 넓고 큰 그물이 자신을 덮칠 것처럼 다가왔다. 그물에 걸리면…. 다시 혼돈이다. 강은 그물을 노려봤다. 그것은 난간에 쳐진 흰 거미줄이었다. 거미줄에는 벌레가 걸려 버둥대고 있었다. 버둥댈수록 거미줄은 벌레의 몸을 옭아맸다. 머지않아 벌레는 움직임을 멈출 것이다. 옆에 이미 죽어 말라버린 벌레들처럼.

강은 심장이 쪼였다. 거미줄이 자신의 몸을 옭아매고 있었다. 그는 부르르 몸을 떨었다. 금방이라도 숨이 멎을 것 같았다. 황급히 눈앞의 거미줄을 손으로 움켜쥐고 걷어냈다. 그의 손과 팔에 거미줄이 뒤엉컸다. 깊은 신음이 강의 입에서 흘러나왔다. 진영이 강을 돌아봤다. 거미줄을 움켜쥔 강을 보고 진영은 기겁해 거미줄을 그의 손에서 걷어냈다. 그녀의 손에도 거미줄이 얼기설기 감겼다.

진영은 눈물을 터뜨렸다. 엉엉 아이처럼 울기 시작했다. 강도 거미줄에 얽힌 진영의 손을 붙잡고 울음을 터뜨렸다. 강은 어깨를 들썩이며 꺽꺽댔다. 조용했던 호수가 놀라 일어났다. 수풀 속에서도 짐승들의 울음소리가 극성을 부렸고 바다에서 불어온 바람도 갈대밭을 휩쓸고 지나갔다. 바람 따라 조용히 누웠다 일어나기만 했던 갈대들도 윙윙 소리를 냈다. 수면 위로 튀어 오르던 물고기는 쥐 죽은 듯이 조용했다.

그 후에도 한참을 진영과 강은 그곳에 머물렀다. 두어 명의 사람들이 지나갔지만 도와달라고 말하는 것도 잊은 채 앉아 있었다. 얼마의 시간이 흘렀을까 데크로 접어든 중년의 남녀가 의아한 듯 다가왔다. 길목을 막고 선 휠체어를 이상하게 바라보다 널빤지 사이에 끼어 꼼짝 못 하는 것을 알고 남자가 강의 앞에 등을 내밀었다. 강을 업은 남자가 아스팔트 길 위에 놓인 벤치에 강을 내려놓았다. 중년의 여자와 진영은 휠체어를 밖으로 빼냈다. 다시 휠체어에 강이 앉을 수 있도록 도와준 중년의 남녀는 진영의 고맙다는 인사에 가볍게 목례를 하고 가던 길을 갔다. 그들이 시야에서 사라질 때까지 강과 진영은 물끄러미 그들을 바라봤다.

강과 진영은 호수를 한 바퀴 돌아 푯말이 세워진 곳으로 다시 왔다. 처음에 보지 못한 문구가 두 사람의 눈에 들어왔다. '석호는 바닷물과 민물이 섞여 플랑크톤이 풍부해 다양한 생물의 보고일 뿐만 아니라 쾌적한 삶을 영위할 수 있는 삶의 터전이며 후대에 물려줘야 할 우리의 자산이다'라고 적혀 있었다.
진영은 호수와 바다를 등 뒤로 하고 숙소를 향해 휠체어를 밀었다. 강도 양손을 바퀴 핸드림 위에 올리고 천천히 밀었다. 바퀴가 한결 가볍게 굴러갔다. 어스름한 어둠이 내려앉는 호수 수면 위로 물고기가 튀어 오르고 바다에서는 폭죽 터지는 소리가 들려왔다.

덧니

심지가 부러진 인형처럼 앞으로 허리를 꺾은 노인이 걷고 있었다. 우산도 없이 온몸으로 비를 맞으며 앞으로 숙인 상체로 손에 든 컵을 보호하고 있었다. 사선으로 내리꽂히는 빗물은 노인이 든 컵 안으로 사정없이 들어갔다. 아파트 6층 계단형 복도 창문에서 지상을 내려다보던 홍 여사는 미간을 찌푸리다 못해 안절부절 연신 두 손바닥을 비벼댔다.

'우째, 저 일을…'

달인 한약이 빗물에 섞여 효과가 있을지 의문이기도 했지만, 그보다는 여든이 넘은 노인이 비를 맞아 병이라도 날까 싶어 안달이 났다.

노인은 빗길을 뚫고 어린이놀이터를 가로질러 203동 공동

현관으로 사라졌다. 노인이 안 보이자 홍 여사는 안도의 숨을 내쉰 뒤, 흘러내린 앞머리를 쓸어올렸다. 그러곤 발밑에 놓인 쇼핑백과 보자기에 싼 음식 보따리를 내려다봤다. 음식이 식어갈수록 홍 여사의 마음도 서늘해져 갔다.

홍 여사는 시간을 확인하지 않아도 지금이 몇 시인지 알지만, 휴대전화를 열어봤다. 외손자인 훈이 학원에서 돌아올 시간이 한참 지나 있었다. 조급증이 일자 또 한숨이 새어 나왔다. 몇 걸음 안 되는 복도를 서성이다 다시 창틀에 붙어서 밖을 내다봤다.

딸 지숙이 있었을 때는 한 번도 복도를 서성인 적도, 창밖의 풍경을 바라본 적도 없었다. 훈이가 어렸을 때 놀았던 놀이터가 보였다. 보는 위치에 따라 세상은 달라지는 법이었다. 위에서 내려다보는 놀이터는 낯설었다. 특히 비가 오는 날의 놀이터는 어린아이가 비를 맞고 서 있는 것처럼 애처로웠다. 홍 여사는 못 볼 것을 본 것마냥 얼른 눈을 들어 하늘을 봤다. 비가 바람을 타고 이리저리 휘날렸다. 홍 여사는 거센 빗줄기 사이로 다시 놀이터를 살펴봤다. 훈이가 즐겨 타던 예전의 미끄럼틀이 아니었다. 겁에 질려 엉거주춤 미끄럼틀을 타고 내려오던 훈이 환하게 표정을 바꾸던 순간을 그녀는 잊을 수 없었다. 세상을 향해 한 발 내디딜 때마다 홍 여사는 훈의 곁에 있었다. 이제 눈앞에 선 미끄럼틀은 공중에 매달려 이동하는 놀이기구에서부터 미로 같은 통 속으로 들어가 사방팔방 뚫린 구멍으로 나갈 수 있는 거대한 성城 같았다. 이제 훈이 어디로 나올지 알 수 없어졌다.

초점을 잃은 홍 여사는 방금 빗길을 뚫고 손에 든 컵을 보호하며 거침없이 걷던 노인의 잔영을 떠올렸다. 저돌적인 발걸음은 목표를 향해 달려가는 황소의 뿔처럼 보였다. 자신에게서 사라진 달뜬 열기가 노인에겐 있었다. 홍 여사의 눈가에 눈물이 차올랐다.

홍 여사는 왜 아파트 비밀번호가 안 맞는 건지 이해가 안 되었다. 몇 번이나 눌러봐도 경고음만 울렸다. 하도 엄청난 일을 겪다 보니 머릿속 기억장치가 망가진 것일까? 아니다. 그럴 리가 없다. 지숙이 홍 여사의 결혼기념일을 비밀번호로 저장한 것이라 잊으려 해도 잊을 수 없는 번호였다. 그녀는 도어록을 찬찬히 살폈지만 달라진 것은 없었다.

홍 여사는 사위와 손자에게 문자를 보낼까 하다가 일하고, 공부하는 데 방해가 될까 싶어 망설여졌다. 경비실에 음식을 맡겨도 되지만 손자를 보고 싶은 마음과 딸의 공간을 한 번 더 보고 싶은 마음이 그녀를 오도가도 못 하게 잡고 있었다.

수요일은 훈이 학교 수업을 마치고 수학학원에 갔다가 집에 돌아와 씻고 저녁을 먹은 후, 학습지 수업을 받는 날이었다. 방과 후, 훈을 돌본 사람이 홍 여사였기에 일과를 꿰고 있었다. 왜 안 오는 걸까? 갑자기 불안감에 가슴이 벌떡인다. 그녀는 양손을 맞잡아 가슴에 대고 꾹 눌러본다. 조금만 기다리면 눈에 넣어도 안 아픈 훈이를 보게 된다. 홍 여사 입가에 미소가 번진다. 그것도 잠시, 이내 입매가 떨렸다.

발밑에 놓인 보따리를 홍 여사는 다시 내려다본다. 사위가 좋아하는 겉절이와 청양고추 두어 개가 들어간 멸치 꽈리고추 볶음, 도라지, 고사리, 시금치 무침 등 나물 반찬과 훈이를 위한 소갈비찜과 진미채 볶음, 그리고 두 남자의 보양식인 추어탕까지. 굵고 힘 좋은 미꾸라지들이 함지박에서 벗어나려 서로 엉켜 꿈틀대던 게 떠올랐다. 이젠 징그럽고 무서운 것도 없었다. 두 남자를 위하는 일이라면. 홍 여사는 두 손으로 눈가를 누르며 볼을 다독였다. 좀 더 생기있게 보였으면 좋겠다는 생각이 들자 손가방에서 립스틱을 꺼내 입술에 발랐다. 왠지 화사한 기운이 도는 듯해 조금 기운이 났다.

홍 여사는 시간이 흐를수록 입이 말랐다. 오르내리는 엘리베이터 층수를 쳐다보면서 그냥 가야 하는지 기다려야 하는지 갈피를 잡을 수가 없었다. 서너 달 사이 훈의 일과가 바뀔 수도 있다는 생각이 들자 괜한 일을 벌인 것은 아닌가 혼란이 일었다. 사위는 말했었다.

"어머니, 이제 어머니 몸을 챙기세요. 그러다 병나시면 제가 더 괴롭습니다."

홍 여사는 그 말의 뜻을 곰곰이 생각해 본다. 액면 그대로 받아들여야 하는 것인지 아니면 다른 뜻이 있는 것인지, 그녀의 이마에 짙은 주름이 지어졌다.

엘리베이터 숫자 6에 밝은 등이 켜지면서 문이 열렸다. 훈이다. 홍 여사는 급한 마음에 몸이 앞서 나가 발치에 놓인 보따리에 걸려 넘어질 뻔했다. 훈아, 훈아, 훈이 홍 여사를 보고 눈이 동그래지면서 입이 벌어진다. 홍 여사가 두 팔을 활짝 벌렸다. 훈은 엉거주춤 멈춰서 뒤를 돌아본다. 이어 엘리베이터에서 한 여자가 내렸다. 핑크빛 원피스에 작은 핸드백을 들고 있었다. 누군가 싶어 홍 여사의 눈이 가늘어졌다. 이내 홍 여사의 얼굴 가득 환한 미소가 번진다. 강 선생이었다. 홍 여사는 훈을 향해 더 크게 팔을 벌린다. 하지만 훈이는 그 자리에 멀뚱히 서 있을 뿐이다. 계면쩍어진 홍 여사가 벌린 두 팔을 거뒀다.

"할머니, 안녕하세요?"

못 본 새 훈이 의젓해진 것도 같고 왠지 낯설다. 뒤이어 강 선생이 인사를 한다.

"오셨어요. 언제 오셨어요?"

"아, 조금 전에 왔어요. 현관 비밀번호가 생각이 안 나서. 박 서방과 훈이 좋아하는 반찬 몇 가지 만들어왔어요. 강 선생님 오늘 수업 있는 날이지요?"

홍 여사는 강 선생이 걱정할까 싶어, 금방 온 것처럼 둘러댄다.

"네."

강 선생이 홍 여사를 지나쳐 현관문 앞에 서더니 비밀번호를 누른다. 홍 여사에게는 날카로운 경고음만 날리던 견고한 현관문이 스르르 빗장을 풀었다. 홍 여사는 훈이 아니라 강 선생이 현관문을 여는 순간 눈은 커지고 입은 벌어져 멍한 표정을 지었다. 혼미한 상태에서도 심장은 빠르게 뛰었고 그녀는 황급히 두 손을 가슴에 대고 지그시 눌렀다.

강 선생이 먼저 집 안으로 들어갔다. 뒤이어 훈이가 따라 들어갔다. 홍 여사는 망연자실 멍하니 서 있었다. 담담한 목소리가 집 안에서 흘러나왔다.

"들어오세요. 오셨으면….."

홍 여사는 정신이 번쩍 들었다. 음식 보따리를 질질 끌며 집 안으로 들어섰다. 보따리를 식탁 위에 올려놓고 강 선생을 똑바로 바라봤다. 강 선생은 그녀의 시선은 아랑곳하지 않은 채 훈이에게 말했다.

"젖어서 축축하지? 어서 씻어. 저녁 준비해 줄게."

그리고 보따리를 힐끗거리더니 홍 여사를 향해 건조하게 말했다.

"훈이가 요즘 살이 많이 쪄서 다이어트식으로 먹이고 있어요."

"다이어트식?"

홍 여사는 말문이 막혔다. 머릿속이 하얗게 변해 아무 말도 떠오르지 않았다. 당황한 홍 여사는 겨우 입을 열었다.

"내 보기엔 살이 빠진 것 같은데, 무슨 살이 쪘다고 그래요?"

"네, 할머니의 마음은 알지만, 건강을 위해 새롭게 식단을 시작했어요. 이해해 주세요."

홍 여사의 성난 눈동자가 서서히 가늘어졌다. 강 선생이 이 집 주인 노릇을 하고 있지 않은가. 아니 훈의 어미 노릇을 하고 있었다. 서너 달 사이에 모든 게 변했다. 하긴 1분, 1초에도 세상은 변할 수 있지,라며 홍 여사는 마음을 다독였다. 세상이 찰나에 바뀐다 해도 어찌 훈이가? 데면데면 대하는 훈에게도 서운했다. 서로 끌어안고 물고 빨고 하던 녀석이 남 대하듯 하다니. 홍 여사는 두 손에 힘을 주어 주먹을 쥐었다. 떨리는 감정이 새어나가지 않도록 어금니를 꽉 물었다.

홍 여사는 숨을 깊이 들이마시고 집 안을 둘러보듯 돌아섰다. 집안 분위기도 뭔가 달라져 있었다. 가구는 그대로인데 분위기는 사뭇 달랐다. 흥분상태라 도통 눈에 들어오지 않았다. 분명 달라진 것은 맞는데⋯. 격하게 올라오는 감정을 누르기 위해 다시 몸을 부엌 쪽으로 돌렸다.

강 선생은 제집인 양 태연하게 냉장고를 열고 채소를 꺼내 놓는다. 양상추, 파프리카, 양파⋯. 시원하게 쏟아지는 물에 채소 씻는 소리가 들려오더니 이내 도마 위 칼질 소리로 바뀌었다. 일정한 리듬을 타면서 정적이 감도는 집 안을 울렸다. 강 선생이 갑자기 뒤에 서 있는 홍 여사가 생각난 듯, 칼질하며 묻는다.

"뭐, 차라도 드릴까요? 저녁을 드리기도 뭣하고. 훈이 저녁 먹인 후, 학습지 시작해야 하거든요."

"아니, 아니 됐어요. 반찬만 주고 가려고 했던 거니까 신경 쓰지 말고 일해요."

홍 여사는 다시 몸을 돌려 소파에 앉았다. 도통 알 수가 없었다. 딸의 살림이긴 하지만 훈이를 돌보면서 자기 살림이나 매한가지였다. 그런데 주객이 전도되어 강 선생이 안주인 노릇을 하고 있었다. 얼떨결에 손님의 처지가 되어버린 상황이 기가 막혔다. 끙, 저도 모르게 신음이 새어 나왔다. 홍 여사가 천천히 말했다.

"그래요. 나 차 한 잔 줘요. 밖에서 한참 서 있었더니 몸이 떨리네."

말이 떨어지기 무섭게 강 선생의 원망 섞인 목소리가 들려왔다.

"그러게, 오시려면 전화를 주시지 그러셨어요. 제가 시간에 맞춰 왔을 텐데요."

홍 여사는 아무 말 없이 훈이 들어간 욕실 문을 바라봤다. 어서 훈을 꼭 끌어안고 따뜻한 온기를 느끼고 싶었다. 조금 전 자신에게 달려들지 않은 것은 축축하게 옷이 젖었기 때문이리라. 그래서 그런 거다, 라고 반복해 입속으로 되뇌었다. 씻기 싫어했던 훈이 어쩐 일인지 욕실에서 오래 있었다. 잠시 후, 훤해진 얼굴로 훈이가 욕실에서 나왔다. 홍 여사는 적지에서 아군을 만난 듯 훈을 불렀다. 훈이 발그레한 얼굴로 홍 여사에게 다가오려 하자 강 선생이 단호하게 훈을 막아섰다.

"물기 잘 닦았니? 어서 저녁 먹고 학습지 해야지."

우뚝 멈춰서 눈만 멀뚱대는 훈이 안쓰러워 홍 여사가 말했다.

"그래, 배고프겠다. 어서 저녁 먹어라."

훈이 식탁 앞에 앉았다. 언제 구웠는지 샐러드 위에 큼지막한 스테이크가 올려져 있었다. 강 선생은 가위로 스테이크를 뭉텅뭉텅 썰었다. 고기의 단면에서 붉은빛이 감돌았다. 예전 같으면 생고기라고 훈이 인상을 썼을 텐데 묵묵히 고깃점을 입으로 넣은 후, 홍 여사를 물끄러미 바라보았다. 홍 여사는 눈을 껌뻑여 삐져나오려는 눈물을 삼켰다. 훈이는 서너 달 사이에 몰라보게 자란 것도 같고 얼굴에 살이 붙은 것도 같았다. 제 어미 떠나고 아무리 챙겨 먹여도 핼쑥하다 못해 기운이 없어 더 가엾게만 보였던 아이였는데 살찔 것을 걱정해야 할 만큼 살이 올랐나 싶어 보고 또 보았다. 한편으로는 고맙고 한편으로는 서운했다.

강 선생이 대추차를 내왔다. 장미꽃이 활짝 핀 찻잔 안에는 티백에서 우러나온 대추물이 비바람을 뚫고 내달리는 노인의 풀어헤친 머리카락처럼 번졌다. 못 보던 찻잔이었다. 지숙은 투박한 옹기 찻잔을 좋아했었다. 이천 도자기축제에서 찻잔을 사 왔다며 자신에게도 접시와 찻잔을 선물했었다. 지숙은 따뜻하고 편안한 느낌을 좋아했었는데. 홍 여사는 차를 한 모금 마시고 연신 소파 팔걸이를 쓸어내렸다. 마치 딸의 온기를 느끼려는 듯, 쓰다듬고 또 쓰다듬었다.

지숙은 홍 여사에게 하나밖에 없는 딸이었다. 자기 일을 척척 알아서 하는, 남들이 다 부러워하는 친구 같은 딸이었다. 그런 딸이 처음으로 속을 썩인 것은 결혼상대자로 경석을 데려온 때였다. 홍 여사의 남편은 공직자로 안정된 생활을 해오고 있었다. 가난의 불편을 모르고 자란 지숙이 고아나 마찬가지인 경석을 결혼상대자로 데려오자 홍 여사는 머리를 싸매고 눕고 말았다. 비단결 같고 순부두처럼 말랑대던 지숙이 이번만큼은 황소고집을 부렸다. 결국 아무것도 필요 없다는 딸에게 '네 고집대로 살아 보라'고 포기 같은 승낙을 해 주었다.

다행히 경석은 어렵게 자랐지만, 됨됨이가 된 사람이었다. 장인, 장모가 싸늘하게 대해도 서운하다 말하지 않고 언제나 환한 얼굴로 처가를 방문했다. 둘이 힘을 모아 창업을 해서 정신없이 일에 매달렸다. 형편이 어려워도 도와달라는 내색을 전혀 내비치지 않았다. 어쩌면 그것이 홍 여사 부부를 움직였는지도 모른다. 홍 여사는 딸 부부를 앉혀놓고 투자하겠다고 했다.

사위는 그때 눈시울을 붉히며 머리를 숙였다. 너무 힘들어서 사업을 접으려고 했는데 어찌 알고 도와주시냐고 정말 감사하다고. 언젠가는 꼭 갚겠다고 말했다. 딸 내외는 열심히 살았다. 차츰 사업도 일어나기 시작했다. 그 와중에 훈이도 태어났다. 홍 여사는 딸네를 오가며 살림을 돕고 훈을 키워 주었다. 홍 여사의 도움은 딸 내외가 마음 놓고 일할 수 있는 성공의 불씨가 되어주었다.

딸 부부가 첫 집을 장만해 이사하던 날, 홍 여사 부부에게 경석은 큰절을 올리며 감사해했다. 모든 삶의 뿌리가 장인, 장모라며 눈물을 훔쳤었다. 이제 사업은 궤도에 올랐고 인생을 즐기며 살아도 될 만큼 풍요로워졌다. 홍 여사는 지숙에게 회사 일에서 벗어나 편안한 시간을 보냈으면 좋겠다고 말했다. 이제 훈이도 잔손이 가지 않는 고학년이 되었기에 자신도 남편과 함께 여유로운 노년을 보내고 싶었다. 모든 것이 평화로웠다.

햇살이 따뜻한 아침이었다. 경석에게서 다급한 전화가 걸려 왔다. 지숙이 병원에 있다는 것이었다. 전날까지만 해도 멀쩡하던 딸이 왜? 단지 감기 기운이 있는지 머리가 아프다고 했었다. 홍 여사는 따끈하게 대추차를 끓여 얇게 썬 대추와 잣을 띄워 지숙에게 먹이고 일찍 자라고 이불까지 덮어주고 집으로 돌아왔었다. 그런데 쓰러지다니.

뇌출혈로 쓰러져 병원에서 한 달을 버티던 지숙은 깊은 잠에서 깨어나지 못하고 영원히 떠나고 말았다. 지숙이 떠나고 난 후, 두 집안은 고장 난 시계처럼 시간이 멈추고 말았다. 모두가 말을 잃었고 눈은 초점 없이 허공을 떠돌았다.

모든 것이 망가지기 전에 가족들은 모여 기도했다. 지숙은 먼 여행을 떠났다고. 가족들은 그렇게 합의했다. 그렇게 생각해야 살 수 있었다. 여행을 좋아하는 지숙이 어딘가에서 자유롭고 행복하게 여행을 즐기고 있는 거라고. 땅이나 바다 아니면 우주를 여행한다고 믿었다. 그러기에 슬퍼할 이유가 없다고. 언제인지, 어느 곳인지는 모르지만, 반드시 만날 수 있다고. 살아 있어도 평생을 못 보고 사는 사람도 있고 존재 자체를 잊고 사는 사람도 있다. 그거에 비해 지숙과의 만남은 잠시 보류해 놓았을 뿐이라고. 그러자 숨통이 트였다. 숨이 쉬어지자 눈이 뜨이고 음식이 넘어갔다. 지숙이 행복한 여행을 하는 동안 남은 가족들도 즐겁게 살기로 작정했다. 만났을 때 어찌 살았는지 이야기하려면 하루하루 허투루 살 수가 없는 일이었다. 지숙과의 만남을 위해 오늘을 잘 살아내야 한다. 우울할 이유가 없었다. 그렇게 버티고 견뎠다.

홍 여사는 사위와 손자가 걱정돼 매일 들락거리며 지숙의 빈자리를 채웠다. 그러나 자신이 나타남으로 인해 지숙이 떠오른다는 술에 취한 경석의 말을 듣는 순간 심장이 내려앉았다.

홍 여사는 곰곰이 생각했다. 사람이 난 자리는 사람이 들어서 채워야 한다. 1년이란 시간이 어찌 보면 이르긴 하지만 누군가 경석과 훈에게 필요했다. 그때 학습지 선생인 강 선생이 떠올랐다.

30대 후반인 강 선생은 미혼이라고 했다. 경제적으로 안정적이지만 40대 후반에 아이까지 딸린 사별남을 들이댄다는 것이 미안하고 이기적인 일이었다. 그래도 밑져야 본전이라고 홍 여사는 강 선생의 눈치를 살폈다.

홍 여사가 강 선생을 생각하게 된 이유는 왠지 모를 친근감이었다. 훈이를 키우면서 학원 선생이나 학습지 선생을 많이 만났지만, 강 선생은 남다르게 정이 갔다. 예의 바르면서도 다소곳한 태도와 웃으면 오른쪽 송곳니 쪽에 덧니가 살짝 드러나는 것도 귀여웠다. 요즘은 누구나 교정을 해 덧니 보는 것도 귀한 일이라고 홍 여사는 속으로 웃었다. 덧니가 보일 만큼 활짝 웃는다는 것은 자신감이 있다는 것이고 숨김없이 속내도 드러낸다는 것이기에 투명해서 좋았다. 웃음이 예쁜 여자라면 두 남자를 행복하게 해줄 것만 같았다. 특히 훈이, 강 선생을 잘 따른다는 것도 한몫했다. 지숙이 떠난 후, 움츠러드는 훈을 강 선생은 살갑게 보살펴 주었다. 수업 시간도 차츰 길어지고 훈의 웃음소리도 문밖으로 흘러나와 홍 여사를 안도하게 했다.

어느 날 수업이 끝난 후, 홍 여사는 강 선생에게 차 한잔을 권하며 넌지시 의중을 물었다.

"강 선생님, 한 2년여 훈이를 가르치면서 우리 집 내막을 대충 아실 거예요. 훈이 엄마가 갑자기 떠난 후, 박 서방이나 훈이가 갈피를 못 잡고 힘들어하는데 괜찮다면 두 남자를 살펴봐 주면 어떨까요? 너무 염치없는 말이라 목구멍에 걸려 말도 안 나오지만, 두 남자 정말 좋은 사람들인 거 아시죠. 그냥 편한 마음으로 우리 박 서방 한번 만나봐 줘요."

강 선생은 놀란 토끼 눈으로 홍 여사를 빤히 쳐다보다 손사래를 쳤다.

"아니요. 아니요. 저는 그런 생각을 한 번도 해본 적이 없어요."

"그래요. 알아요. 그런 생각을 어찌하겠어요. 그러니 지금부터 한번 생각해 봐줘요."

홍 여사의 간절한 호소가 먹혔는지 마지못해 강 선생은 고개를 끄덕였다. 홍 여사는 즉시 경석에게 매달렸다.

"자네도 힘들겠지만 이제 겨우 초등학교 6학년인 훈이를 생각해서라도 새 여자를 만나보게. 혼자 살기엔 자네가 너무 젊고 훈이는 너무 어려."

경석 역시 무슨 말이냐고, 지숙이 떠난 지 얼마나 됐다고 이러시냐고 벌컥 화를 냈지만 홍 여사의 애절한 부탁과 다그침에 만남을 수락하게 되었다. 홍 여사는 사위가 젊게 보이도록 미용실로 끌고 가 앞 머리카락을 파마해 힘을 주고 내추럴한 세미 정장을 입혀 약속 장소에 내보냈다.

홍 여사는 만남이 어찌 되었는지 간을 졸이며 기다렸다. 둘다 감정을 얼버무려 대답했지만 싫지 않은 눈치였다. 두 사람은 천천히 시간을 가져 보겠다고 했다. 강 선생이 훈의 수업을 위해 집을 방문했기 때문에 자연스러운 만남이 있었을 거라 홍 여사도 미루어 짐작했다. 만약 이 만남이 잘못되면 그나마 훈이가 마음 문을 여는 강 선생을 놓칠 수도 있었다. 홍 여사는 이래저래 마음을 졸였다. 마음 한편에는 두 남자가 걱정돼 떠나지 못하고 주변을 떠돌고 있을 딸이 생각나 하염없이 눈물만 훔치기도 했다. 그러다 두 남자에게 안정적인 집을 만들어 주어야 한다는 생각이 들면 조급함이 밀려와 두 사람의 눈치만 살폈다. 그러던 어느 날 경석이 주저하며 말했다.

"어머니, 왔다 갔다 하시기 힘드시죠. 언제까지 어머니에게 기댈 수만은 없는 것 같아요. 강 선생이 자주 찾아와 훈을 돌봐 주기로 했어요."

그 말을 내뱉은 경석의 표정에 묵은 때를 벗겨낸 후련함이 깃든 반면 홍 여사는 숨이 막혀 말이 제대로 나오지 않았다. 자신이 보지 않은 곳에서 두 사람이 가까워졌단 말인가. 바라던 일인데 섭섭한 기분은 뭐란 말인가.

그 후, 홍 여사는 딸네 집에 걸음을 멀리했다. 훈이는 연신 전화를 걸어 할머니 왜 안 오냐고 울먹였지만, 할머니가 몸이 안 좋아 괜찮아지면 가겠다고 훈을 달랬다. 경석의 전화에도 걱정하지 말고 잘 지내라고 훈훈하게 말했다. 사실 두 남자의 생활이 걱정되기도 하고 사위의 말이 서운하기도 하고 자신의 감정을 종잡을 수가 없었다. 이제 두 남자와 자신의 길이 다르다는 것을 인정해야 한다는 생각과 그래도 내 자식인데 하는 마음이 매일 싸워댔다. 두 마음의 전쟁이 불타오를수록 홍 여사는 음식을 도통 먹을 수 없었고 음식을 못 먹으니 기운은 점점 떨어져 갔다. 그러는 사이 서너 달이 훌쩍 지나갔다. 시들어가는 홍 여사를 보고 그녀의 남편은 안쓰럽다는 듯 말했다.

"당신이 사위에게 여자를 소개해 줬잖아. 그래 놓고 왜 이리 정신을 못 차려. 그 사람들은 그 사람끼리 사는 게 맞아. 신경 꺼도 돼."

"아니, 강 선생 눈매가 날카롭다니까요. 예의가 발라 보이지만 그 속을 어찌 알겠어요."

"무슨 소리야, 당신이 그랬잖아. 속이 훤히 보이는 착한 여자라며."

"그래요. 더 이상 어찌 크게 웃겠어요. 덧니를 보이며 활짝 웃는 모습은 자신을 그대로 드러내 보이는 거죠. 그렇지만 우리 훈이에게 막대하면 어쩌지요. 얼마나 여린 아인데."

"지금까지 사귀고 있다는 보장도 없잖아. 안 그래?"

"맞아요. 헤어질 수도 있지. 그럼 두 남자가 영양실조 걸린 것 아닐까요? 먹을 것 좀 만들어 가져다줘야겠어요."

"요즘 시대에 영양실조는 무슨. 그렇게 걱정이 된다면 갔다 와요. 박 서방 회사도 잘 돌아간다고 하니까 괜찮을 거야. 불쌍한 건 떠난 놈뿐이지."

남편이 말을 흘리자 홍 여사는 불끈 힘이 났다. 음식을 해다 주는 거였다. 사위가 좋아하는 음식을 해다 주면서 그 집 사정을 살펴보면 된다. 음식을 만드는 홍 여사의 손이 바빠졌다.

홍 여사는 미지근한 대추차를 한 모금 입 안에 머금었다. 그리고 천천히 뚫어지게 이곳저곳을 살폈다. 거실 정면에 걸린 가족사진이 사라지고 그 자리에는 가지 끝에 달린 물방울을 그린 그림이 걸려있었다. 물방울은 영롱하고 빛났지만 위태로워 보였다. 홍 여사의 눈빛이 흔들렸다. TV가 걸린 벽면 밑 거실 장 위에는 지숙의 흔적들이 담긴 사진이 놓여있었는데 역시 사라지고 없었다. 오도카니 놓인 액자사진에는 경석과 훈이 강 선생을 사이에 두고 서서 웃고 있었다. 베다란 창문 앞을 가득 채웠던 다양한 화초들도 사라지고 그 자리에 커다란 고무나무 두 그루가 떡하니 버티고 있었다. 금방이라도 눈물이 뚝 떨어질 것 같은 홍 여사의 눈빛을 좇던 강 선생이 조용히 말했다.

"집에 잡다한 화초가 많은 것보다 큰 화초가 있는 게 깨끗하고 멋이 있어서요."

"아니, 그 화초는 훈이 어미가 좋은 일이 있을 때마다 축하와 감사의 의미로 사들였던 것인데… 그걸 얼마나 귀하게 보살폈는데, 화초 다 어디 있어요?"

자신도 모르게 앙칼지고 날 선 음성이 튀어나왔다. 강 선생이 무표정하게 말했다.

"아파트 장 서는 날, 화초 파는 아저씨에게 주었어요. 제가 가꾸다 죽이는 것보다는 나을 것 같아서요. 괜찮지요?"

홍 여사의 벌어진 입이 다물어지지 않았다. 과거 자신이 알고 있던 강 선생이 맞나 싶었다. 다소곳하지만 활짝 웃던 덧니가 예뻤던 여자, 있는 그대로를 보여주던 여자 말이다. 그러고 보니 그녀의 덧니가 보이지 않았다. 왜 여자가 낯설게 느껴졌는지 이제야 알 것만 같았다. 그녀는 입술을 크게 벌리지 않은 채 말하고 있었다. 입술이 벌어지지 않자 얼굴 근육은 굳어져 감정을 얼굴에 담아내지 못했다. 무슨 일이 있었길래 표정을 잃어버린 걸까?

딸의 흔적이 지워져 가는 공간, 서운하고 서러워서 더 이상 보고 싶지 않았다. 그래서 가만히 눈을 감았다. 덧니를 숨긴 강 선생의 차분한 목소리가 들려왔다.

"할머니, 이제 제가 훈이 수업해야 하는데 어쩌시겠어요?"

홍 여사는 벌떡 일어났다. 머리가 핑 돌았다. 휘청이며 일어선 홍 여사가 손가방을 집어 들었다. 현관을 향해 비적비적 걷자 언제 다가왔는지 훈이 인사를 꾸벅한다.

홍 여사는 훈을 끌어안으려다 멈칫했다. 훈의 어깨에 강 선생이 손을 올리고 빙긋이 웃고 있었다. 홍 여사는 고개를 갸웃댔다. 순간 예전에 강 선생이 한 말이 되살아났다.

"제가 여러 집을 방문해 보지만 훈이네 집처럼 따뜻하고 포근한 집이 없어요. 집안 사정이 어려워 결혼 시기를 놓쳐 결혼은 잊고 살았는데 훈이네를 보면 저도 가정을 갖고 싶어져요."

라며 덧니를 활짝 보이며 웃던 모습이. 그런데 홍 여사 앞에는 입술을 다문 채 웃는 낯선 여자가 서 있었다. 홍 여사는 당혹스러워 무슨 말이라도 하려고 했지만, 목이 잠겨 소리가 나오지 않았다. 헛기침을 몇 번 한 후, 훈을 향해 고개를 끄덕거렸다. 깊은 눈빛으로 사랑을 전한다. 혹시 슬픈 마음을 눈치챌까 얼른 고개를 돌렸다.

현관을 나서는 순간 등 뒤에서 철컥 도어록 잠기는 소리가 났다. 홍 여사의 눈에서 참았던 눈물이 흘렀다. 무엇이 잘못된 걸까? 아니 이게 잘된 일인지도 모른다. 무엇을 원했던 건지, 홍 여사는 갈피를 잡을 수가 없었다. 지숙이 떠난 자리에 강 선생이 들어와 두 남자를 보살펴 주길 원했으면서 왜 이리 혼란스럽고 괴기스러운 감정이 드는지 알 수가 없었다. 두 남자를 빼앗긴 기분보다는 두 남자의 배신이 그녀를 고통스럽게 했다. 두 다리에 힘을 주고 땅을 디뎠지만, 다리는 휘청대고 발은 허공에서 내려놓을 곳을 찾지 못해 허청댔다. 어느새 비는 그쳤고 가로등에는 불이 들어왔다. 홍 여사는 어린이 놀이터 앞에 서서 자신이 금방 빠져나온 205동 6층을 올려다봤다. 창문에는 환한 불빛이 비쳤다. 그리고 노인이 들어간 203동을 바라봤다. 어느 곳에선가 노인과 그녀의 딸이 TV를 보면서 웃고 있는 소리가 들리는 듯했다.

그날은 모처럼 지숙이 쉬는 날이었다. 겨울이라 일찍 해가 지고 있었다. 베란다에 서서 붉게 물든 저녁노을을 바라보던 지숙이 홍 여사를 불렀다.

"엄마, 저 할머니 뭐 하는 거예요? 왜 저러고 가지?"

홍 여사는 지숙을 따라 창밖을 내다봤다.

"뭐가? 아, 저 할머니 말이냐? 글쎄 한약을 달여서 딸에게 가져다주려고 저렇게 간다는구나. 눈이 오나 비가 오나 일 년 365일, 매일 5시에 금방 달인 약을 식기 전에 먹이려고 컵에 담아서 허겁지겁 달려가는 거란다. 몇 분의 착오도 없이. 거의 시계 수준이야. 저 노인 지나가고 나면 시계 안 봐도 다섯 시야. 뚜껑 닫는 것조차 잊고 말이다. 반은 정신이 나갔다고 봐야겠지."

"딸과 한집에 안 살아요?"

"딸이 사고 나기 전에는 지방에서 살았다고 하지. 딸이 사고가 나 정신이 온전치 못하니까 가까운 곳으로 이사를 와서 저렇게 약을 달여 가져다준다는구나. 나도 경비아저씨에게 들었어."

지숙이 안타까운 눈빛으로 물었다.

"어쩌다 다쳤대요?"

"딸네 가족이 여행을 가다가 교통사고가 났대. 사위와 손녀는 멀쩡한데 딸만 저렇게 됐다는구나. 다행히 사위와 손녀가 끔찍하게 여자를 위한다는구나. 감사한 일이지."

홍 여사와 지숙은 한여름에도 두꺼운 스웨터를 입고 며칠째 감지 않은 떡진 머리로 거리를 걷던 여자가 떠올랐다. 히죽대던 여자의 손에는 무엇이 담겼는지 알 수 없는 검은 봉지가 항상 들려있었다.

홍 여사는 노인과 그녀의 딸을 길에서 마주치면 속으로 혀를 찼다. 불쌍하고 애처롭고 안타까워서. 그런데 지금은 그들이 너무나 부러웠다. 손으로 만질 수 있고 안을 수 있는 실재로 존재한다는 사실이 부럽고 부러워 눈물이 쏟아졌다.

노인은 내일도, 모레도 한약 달인 컵을 들고 딸에게로 탱크처럼 돌진할 것이다. 홍 여사는 노인이 들어간 203동을 다시 올려다봤다. 그리고 누군가 자신의 팔짱을 낀 것처럼 오른쪽 팔을 굽혀 삼각형 공간을 만들었다. 마치 여행 갔던 지숙이 돌아와 홍 여사의 팔짱을 낀 것처럼. 홍 여사는 치아가 환하게 드러나도록 활짝 웃으며 어린이놀이터를 가로질러 걸어갔다.

프라이드치킨 한 조각

치킨 냄새가 문틈으로 스며들어왔다. 천 여사는 수건으로 굳게 닫힌 문틈을 틀어막았다. 두 손은 수건을 누르고 있었지만, 몸은 문에 접착제를 바른 것처럼 붙어 코를 벌름거리고 귀를 바짝 세웠다. 고소하고 바삭한 치킨과 무절임을 씹는 소리가 바삭바삭, 아삭아삭 들려왔다. 천 여사는 자신도 모르게 게슴츠레 눈을 감고 입안에 프라이드치킨이 가득 찬 양, 입을 우물거렸다.

거실에서는 딸네 식구들이 야식으로 치킨 파티를 벌이고 있었다. 살가움은 눈을 씻고 찾아 볼래야 볼 수 없는 딸년과 샌님 같은 사위 놈, 멧돼지도 한 마리 거뜬히 먹어 치울 것 같은 중고생인 두 손자 놈이 뭐가 그리 즐거운지 웃고 떠들며 먹

어대고 있었다. 사실 천 여사가 많은 것을 바라는 것도 아니었
다.

"엄마, 나와서 치킨 한 조각 드세요."

"장모님, 나오셔서 치킨에 시원한 맥주 한잔하시죠."

"할머니, 빨리 나오세요. 치킨 식어요."

라고 한마디만 해주면 천 여사는 느긋하고 따뜻한 음성으로

"아니다. 나는 생각 없다. 너희들이나 맛있게 먹어라."

라고 할 텐데, 그 말을 할 기회를 안 주는 거다. 그들의 파티에
초대받지 못한 천 여사는 치킨 한 조각이 더욱 먹고 싶었다.
아침에 베란다에 나가, 버려진 치킨 포장지를 살펴보고 그 치
킨집을 찾아가 본 적도 있었다. 호기롭게 한 마리를 시켜 보았
지만, 문틈으로 새어 들어오던 그 냄새가 아니었다. 포크로 치
킨을 뒤적거리다 그냥 나왔다. 치킨이 그리운 건지 야식 자리
에 끼고 싶은 건지 헷갈렸다. 천 여사는 부아가 치밀었다. 사
위나 외손자는 남의 자식이라고 하지만 어찌 자신이 배 아파
낳은 딸년이 저렇게 매몰찬지, 가끔 심장이 뛰고 손이 떨렸다.
지금 살고 있는 이 아파트도 자신이 준 것이나 매한가지인데

이렇게 찬밥 신세가 되고 나니 서러울 뿐이었다.

천 여사는 일찍이 밖으로만 나돌던 남편과 이혼하고 혼자 딸 하나를 키웠다. 당장 먹고살기 힘들었던 그녀는 동대문시장에서 점원 노릇을 했다. 묵묵히 제 일처럼 열심히 일을 하다 보니 주인의 신임을 얻어 독립된 가게를 열게 되었고 장사는 날로 번창해 직접 공장까지 짓게 되었다. 한창 일하느라 아이를 제대로 돌보지 못한 것이 미안해 딸이 해달라고 하는 것은 모두 해주었다. 딸은 학위 없는 유학 생활을 5년간 하고 난 후, 남자를 데려와 결혼하고 집안에 들어앉았다. 그나마 안정적인 직장을 가진 남자라 허락했더니 사업을 하겠다고 직장을 때려치웠다. 그럼 자신의 일을 도와서 해보라고 했더니, 그 우라질 놈이 자기 적성에는 안 맞는다고 입을 댓 발이나 내밀었다. 돈이 넘치던 때라 하나밖에 없는 딸을 위해 사위 사업에 투자도 하고 합가하자는 딸의 말에 덜컥 살림도 합쳤다. 따뜻한 온기가 있는 집이 그리웠고 어리광 부리는 손자 녀석들의 재롱도 보고 싶었다. 손자들의 교육을 위해 강남에 있는 아파트를 샀다. 집값의 90%는 천 여사가 대고, 사위는 10%만 댔지만, 딸을 생각해 사위 이름으로 집을 샀다. 사실 천 여사의 재산도 나중에는 딸에게 돌아갈 것이 뻔했기에 집 정도는 별것이 아니었다. 방이 네 칸인 집에서 천 여사는 당당히 욕실이

딸린 안방을 차지했다.

"엄마가 당연히 안방을 쓰셔야지. 무슨 소리예요. 우리 걱정하지 말아요."

주말이면 딸네 식구들과 백화점에 쇼핑을 가거나 유명 식당에서 외식을 즐겼다. 당연히 천 여사가 지갑을 열었다. 집으로 돌아오는 길은 모두 행복했다. 딸과 사위, 손자들의 손에는 쇼핑백이 한가득 들려있었다. 천 여사는 집에 돌아와 안방 화장실에서 시원하게 쏟아지는 샤워기의 물줄기를 맞으면서 몸을 씻었다. 변기 레버도 힘차게 눌렀다. 콸콸 물이 쏟아졌다.

천 여사의 삶이 곤두박질친 것은 옛 가게주인의 아들이 찾아와 내민 종이에 한 사인이 화근이었다. 전 가게 사장에게 감사하는 마음이 깊었던 천 여사는 고민 없이 보증을 서 주었다. 몇 달 후, 천 여사의 재산은 공중분해 되고 말았다. 그나마 집은 사위의 명의였기에 건질 수 있었다. 집안 분위기는 한순간에 바뀌어 버렸다. 살얼음을 걷는 듯한 불안감과 우울감, 억울함으로 착 가라앉았고 천 여사는 누가 뭐라 하지 않았는데도 슬슬 딸네 식구들의 눈치를 보게 되었다. 아침마다 화장실이 부족하다고 다투는 소리가 천 여사의 가슴을 두근대게 했다.

안방을 사위에게 내주어야 하는 것인지, 소변을 누고도 레버를 살짝 눌렀다. 샤워기의 물줄기도 졸졸 흘렀다.

딸은 아침에 사위와 손자들을 위해 생선을 굽고 불고기를 볶았다. 한 상 떡 벌어지게 먹고 나간 후, 천 여사를 위해 딸은 또 한 번의 밥상을 차렸다. 김치와 나물무침으로 상을 차린 후 딸은 외출했다. 지에미 건강을 위한 밥상이라는데 뭐라 하겠는가. 예전부터 딸은 천 여사를 위해 채소 위주의 상을 차려놓았었다. 그때는 자연밥상으로 보이고 지금은 풀때기로 보이니 기가 찰 노릇이었다. 천 여사가 한 말도 있었다. 기름이 좔좔 흐르는 치킨이나 피자를 시켜 먹으면 건강에 안 좋다고 손사래를 쳤던 것도 천 여사였다. 감정이 소용돌이치면서 또 가슴이 조여왔다.

딸이 아침 운동을 나가면서 천 여사를 불렀다. 세탁기가 다 돌아가면 빨래를 널어달라는 거였다. 천 여사의 방안이 잠잠하다. 그냥 나가려던 딸이 다시 들어와 천 여사의 방문을 열었다. 가슴을 부여잡고 잠든 천 여사의 몸이 싸늘하게 식어있었다. 그 옆에는 부도로 날렸던 돈이 고스란히 이자까지 더해져 통장에 들어와 있었다. 딸은 천 여사와 통장을 끌어안고 울음을 터뜨렸다.

　코로나 때문에 장례식장은 조문객이 적어 쓸쓸했지만, 사위와 딸은 진심으로 천 여사를 애도했다. 가끔 입가의 꼬리가 슬쩍 올라가는 것을 막기 위해 손으로 입을 가리고 고개를 숙였다. 그런데 여러 명의 발소리가 접수대로 몰려오더니 천 여사의 영정 앞에 엎드려 절했다. 한참 고인을 애도하던 그들은 상주와 맞절하며 감사의 말을 전했다.

　"천 여사님이 기부한 전 재산으로 재단을 만들었습니다. 매달 치킨 데이를 만들어 전국의 양로원 어르신들께 1인 1닭을 드리게 되어 감사드립니다. 꼭 1인 1닭이어야 한다고 하신 말씀 반드시! 꼭! 지키겠습니다."

그렇잖아요. 안 그래요?

여자가 희경의 맞은편에 앉아 말을 하고 있었다. 두 사람 앞에는 맥주잔이 있었고 여자의 잔은 거의 비어있었다. 술에 취한 여자는 자신의 말을 그저 쏟아내기에만 급급했다. 희경은 여자의 말속에서 그녀가 누구인지 유추해보려고 했지만 기억나지 않았다. 길에서 우연히 만난 아들 친구의 엄마라고 생각했는데 착각이었나 보다. 약간의 낭패감이 들었지만 이미 엎질러진 물이었다.

여자는 자신의 엄마에 대해 말했다. 여든이 된 엄마가 치매기가 있는데 자식 일곱 중에 아무도 안 모시려고 해서 형제자매간에 싸움이 났단다. 정 모실 사람이 없으면 각자 얼마씩 내서 요양병원에 모시자고 했지만, 이것도 생각이 다 달라 감정만 나빠졌다는 것이다.

"어떻게 이럴 수가 있어요. 우리 엄마가 얼마나 헌신적으로 자식들을 키웠는데, 물론 공부를 많이 시키지는 못했지만. 그렇잖아요. 그때는 다 그랬어요. 모두가 그렇게 살았어요. 안 그래요?"

"그렇지요. 그럼요."

희경은 입술을 살짝 깨물었다. 왜 자신이 이런 넋두리를 들어야 하는지 과하게 친절했던 자신의 태도에 조금씩 화가 나기 시작했다. 희경은 입술을 다물고 살짝 고개를 저었다. 여자와 자신은 결이 다르다고 생각했다.

희경은 지역에서 알아주는 마당발 봉사자였다. 하나밖에 없는 아들 찬이가 유치원에 다니는 것을 시작으로 아들 주변에서 모임의 장을 맡아 열심히 봉사활동을 시작했다. 찬이가 성장해 감에 따라 작은 소모임은 점점 커져 단체장이 되었고 그것이 나무의 뿌리처럼 뻗어나가 지역에서 그녀를 모르는 사람이 없을 정도였다. 희경은 항상 집을 나서기 전 거울을 봤다. 반달 모양으로 그려진 눈꼬리를 살핀 후, 유연하게 입꼬리가 올라가도록 입 모양을 오므렸다 벌리기를 반복했다.

조금 전에도 밤 운동을 나왔다가 자신을 알아보는 듯한 여자에게 이끌려 호프집에 앉아 있게 된 것이었다. 여자의 이야

기는 시댁에 관한 것으로 접어들고 있었다. 일 년 전에 혼자
된 시아버지가 여자를 데려와 함께 살겠다고 했단다. 여자는
흐려졌던 눈동자에서 물기를 빼고 또랑또랑한 눈빛으로 말했
다.

"이게 말이 돼요? 그렇잖아요. 시어머니 가신 지 얼마 됐다
고 장가를 가시겠다니. 재산이라고는 꼴랑 집 한 채 있는데,
그걸 빼먹을 것이 분명한데, 여자한테 홀려 정신을 못 차린다
니까요. 이게 말이 돼요? 그렇잖아요, 안 그래요?"

"그렇죠. 그래요."

희경은 어깨를 으쓱거렸다. 여자의 말이 꼬이기 시작했다.

"갔어요. 제 남편이. 지방으로. 그래도 작은 일이라도 있는
게 어디에요. 일이 있다는 게."

"그렇지요. 일이 있다는 게."

"사는 게 고행이에요. 그렇잖아요. 안 그래요? 그런데 이
술이 있어 정말 다행이에요. 아픈 마음을 살짝 잊게 해주는 약
이지요. 안 그래요?"

"그런 면이 있긴 하죠. 그렇지요."

희경은 그만 일어나야겠다고 생각했다. 일어날 채비를 하
자 여자가 말했다.

"참, 아이는 뭐해요?"

여자의 기습질문에 희경은 의자에서 떼었던 엉덩이를 다시 내려놓았다. 그녀는 명랑하게 말했다.

"우리 아이요. 잘 지내요."

그리고 여자의 얼굴을 살폈다.

"그렇죠. 잘 지낼 줄 알았어요. 그렇잖아요. 잘 지낼…."

여자는 취기가 도는지 눈을 지그시 감고 고개를 끄덕였다. 잠이 오는지 눈도 제대로 뜨지 못했다. 희경은 여자가 완전히 취했다는 생각이 들자 자신도 모르게 말을 시작했다. 그녀의 말에 여자는 고개를 주억거리며 상체를 흔들었다. 여자의 추임새에 희경은 저절로 말이 나왔다.

"그렇잖아요. 이게 말이 돼요? 우리 아이가 이제 로스쿨을 마치면 법조인이 되는 건데, 그 못된 것이 우리 아이 앞길을 막네요. 우리 아이가 할머니와 함께 사는 여자아이에게 봉사 차원에서 공부를 봐줬어요. 없는 시간을 쪼개서 봉사한 것이지요. 그런데 고3밖에 안 된 것이 우리 아이를 꼬드겨서 임신을 했네요."

"…."

여자가 몸을 으쓱거리더니 눈을 부릅떴다. 희경은 놀라 숨을 멈췄다. 눈을 다시 감은 여자의 몸이 이리저리 흔들렸다. 희경은 조심스럽게 말을 이었다.

"그 아이 할머니가 당장 결혼을 시켜 달라네요. 우린 그럴 수 없다고 했지요. 안 그래요? 그렇잖아요. 우리 아이에게는 이미 결혼할 상대가 있는 거나 마찬가지예요. 서로 사위 삼겠다는 법조계 사람들이 넘쳐나거든요. 그렇잖아요. 우리 아들 잘난 것 아시죠?"

여자는 말없이 고개를 주억거렸다. 손을 휘적대며 비어있는 잔에 맥주를 따라 벌컥벌컥 마셨다. 그리고 또 눈을 감았다. 완전히 취한 상태였다. 여자가 취했다고 생각하자 희경의 목소리에 힘이 들어갔다.

"갑자기 이런 생각이 드네요. 우리 아들과 그 계집애를 결혼시킨 후, 바로 이혼을 시키는 거죠. 우리 아들은 순애보 적인 사랑을 한 것이고 그년은 우리 아들을 이용해 신데렐라가 되려 한 것이라고. 미성년자를 임신시킨 것은 죄지만 이혼은 죄가 아니잖아요. 안 그래요. 그렇잖아요?"

여자의 고개가 계속 아래위로 흔들렀다. 희경은 한참 쏟아놓고 나니 숨통이 트였다. 이 여자와 만난 이유가 이것이었구나 싶었다. 여자는 희경이 누구인지 정확히 모르는 듯했고 취해서 그녀의 이야기도 제대로 못 들은 듯했다.

희경은 다 털어놓고 홀가분해진 마음으로 여자를 부축해 거리로 나왔다. 막막했던 문제도 어렴풋이 길이 보였다. 이제 헤어져야 할 지점에 이르렀다. 희경은 여자에게서 몸을 뗀 후, 살갑게 손을 한 번 더 잡고 잘 가라는 인사를 했다. 여자는 몸을 제대로 가눌 수도 없을 만큼 휘청대더니 앞으로 걸어갔다. 희경도 몸을 돌려 집 방향으로 걷기 시작했다. 그때 여자가 희경을 향해 소리쳤다.

"찬이 엄마, 그러면 안 되죠. 그렇잖아요. 그건 아니죠. 안 그래요?"

아주 또렷한 음성으로. 희경은 밤하늘을 올려다봤다. 달이 환하게 떠 있었다. 눈은 시렸지만 희경은 두 눈에 힘주어 달을 노려봤다.

무인호텔

"멈춰!"

후진하던 자동차는 여자의 괴성에 놀라 절벽 끝에 절묘하게 멈춰 섰다. 그들은 '남해 해변도로에서 중년의 남녀가 타고 있던 자동차 한 대가 추락했다.'는 뉴스의 주인공이 될 뻔했다. 하지만 남자는 여자가 지른 소리에 더 놀라 낭떠러지로 추락할 뻔했다며 미간을 찌푸렸다. 벌렁대는 그들의 가슴과는 상관없이 어둠에 갇힌 밤바다는 고요했고 호텔이나 모텔, 숙박 시설을 알리는 네온사인만이 비스듬한 산허리 이곳저곳에서 번쩍였다.

가뜩이나 경제가 어려운 판에 코로나19가 터지자 회사에서 감원 바람이 불었다. 인사팀에서 일하던 남자는 탁월한 능력으로 많은 직원의 짐을 싸게 했다. 그들이 떠난 자리는 기계들이 차지했고 흡족한 성과를 낸 남자에게는 포상 휴가가 주어졌다.

여행을 떠나기 직전 부부는 애인이 되었다. 지쳐있는 남자를 여자는 위로해 주고 싶었다. 가장 행복한 삶은 어린아이처럼 사는 거라며 놀이도 제안하고 사람의 접촉이 적은 여행을 계획했다. 여자는 앱으로 무인호텔에 예약을 했다. 휴대폰 액정에 뜬 실내에는 피부에 닿으면 사각사각 소리가 들릴 것 같은 하얀 침대보가 있었고 열린 창문으로 보이는 파란 바다는 눈을 시리게 했다.

남자는 내비게이션의 안내에 따라 달리기 시작했다. 쉽게 찾을 수 있을 거라 생각했는데 도통 무인호텔은 나타나지 않았다. 해가 넘어가자 주위는 삽시간에 어두워졌다. 왔던 도로를 서너 번 왕복한 끝에 산등성이에서 환하게 불을 밝힌 '환상의 성'을 발견했다. 기쁨도 잠시 빤히 보이는 '환상의 성'에 접근하는 길이 보이지 않았다. 뱅글뱅글 주위만 도는 남자에게 열이 오른 여자는 참았던 말을 내뱉었다.

"전화해서 물어봐요. 쫌!"

입을 꾹 다물고 어깨를 한껏 앞으로 당겨 정면을 노려보던 남자는 할 수 없다는 듯 전화를 걸었다. 전화 통화 후, 남자는 몇 번이나 지나쳤던 길에 곁가지처럼 붙은 샛길을 찾아냈다. 설마 저것이 길일까 싶었는데 들어서자 제법 넓고 가파른 길이 나타났다. 조심스럽게 올라갔지만 막다른 길이었다. 다시 살얼음판을 기듯 후진해 내려와야 했다. 이런 젠장. 그들은 어두운 길을 더듬어 감정이 폭발하기 직전 '환상의 성'에 도착했다.

무인호텔에 처음 와 본 여자와 남자는 멀뚱히 서로를 쳐다봤다. 건물 입구는 안 보이고 칸칸이 나누어진 주차장마다 자동문이 내려져 있었다. 이리저리 주변을 돌아보던 남자는 다시 전화를 걸었다. 전화 속 남자는 자동문 옆에 붙어있는 안내문을 읽어보라고 했다. 사람을 통하지 않으면 입장할 수 없는 무인호텔이라니! 서로 태연한 척했지만 '이런 젠장'을 속으로 되뇌었다.

안내문 옆에 있는 버튼을 누르자 주차장 자동문이 올라가면서 차 한 대를 주차할 공간이 나타났다. 주차한 후, 스파이 영화에서나 나올 법한 비밀계단을 올라가자 문이 보였다. 드디어 남자와 여자는 무인호텔에 입성했다.

이름만 호텔이었지 여느 모텔방과 비슷했다. 룸보다 더 큰 욕실에 월풀을 장착한 거대한 욕조를 보고 여자의 눈이 휘둥그레졌다. 남자는 실내를 둘러보더니 TV를 켰다. 그런데 TV가 켜지지 않는다. 이리저리 리모컨을 눌러봐도 반응이 없었다. TV를 보고 싶지 않아서 안 켜는 것과 못 켜서 안 보는 것은 달랐다. 남자는 필사적으로 리모컨 버튼을 눌러댔다. 여자의 얼굴이 달아오르기 시작했다. 굳이 TV를 켜려고 하는 남자가 이해 안 됐지만 거대한 욕조가 떠오르자 여자는 얼른 말했다.

"전화를 걸어 봐요. 쫌!"

남자는 여자의 말에 대꾸도 없이 TV와 연결이 안 되어있다는 안내 글귀만 노려보고 있었다. 여자는 터져 나오려는 한숨을 삼키며 안내 데스크에 전화를 걸었다. 전화 속 남자가 말했다.

"제가 잠깐 방문해도 될까요?"

잠시 후, 관리인이 방으로 들어와 리모컨을 이리저리 눌러 TV를 켜주었다. 어색한 분위기 사이로 시청 앞 광장에서 시위를 벌이는 수천 명의 고함과 함성이 뒤섞여 들어왔다. 관리인은 뭔 손님들이 리모컨을 그리 눌러 엉켜놓는지 알 수 없다고 궁시렁댔다. 문을 나서던 관리인은 콧등을 찡긋거리며 불편한 점이 있으면 언제든지 불러 달라고 했다. 늘 있는 일인 것처럼.

여자는 부부임에도 불구하고 관리인이 부부처럼 봐주기를 바라며 자연스럽게 행동하려고 애썼던 자신이 우스웠다. 더군다나 무인호텔 룸까지 관리인이 들어왔다는 사실에 생각이 미치자 웃음이 터졌다.

남자는 불뚝 성이 나는지 리모컨 버튼을 꾹꾹 눌렀다. 아홉 살짜리가 트로트를 구성지게 불러댔고, 근육질의 남자가 러닝머신 위에서 힘차게 뛰었다. 연이어 볼이 미어터지도록 갈비를 물어뜯는 쇼 호스트들과 기아에 허덕이는 사람들을 위해 기부를 해달라는 연예인의 모습이 화면에 비쳤다.

여자는 화장 솜으로 얼굴을 닦으면서 점심때 일이 생각났는지 또 허리를 부여잡고 웃어댔다.

"아까 우리 고추장 빠진 비빔밥 먹었잖아."

여행길이라 특색 있는 음식을 맛보자고 들어갔던 식당에서 그들을 맞이한 것은 키오스크였다. 이제는 일상화된 키오스크라 당황하지 않았는데 손님의 기호에 최대한 맞춰 주려는 듯 세밀하게 나누어진 재료들은 선택을 혼란스럽게 만들었다. 뒤에 사람들이 서는 순간 다급해져 서둘러 주문을 마쳤다. 고추장이 빠진 비빔밥과 생뚱맞게 차돌박이가 없는 도토리무침이 식탁 위에 놓였다. 그들은 자신들이 원하는 음식을 주문했다는 듯이 최대한 자연스럽게 씹어 삼켰다.

여자는 역시 사람의 손이 있어야 한다고 말했다. 고개까지 끄덕이며 웃던 그녀가 슬며시 웃음을 멈췄다. 남자의 기척이 느껴지지 않았다. 고개를 돌리자 남자는 어느새 깜깜한 창밖을 내다보고 있었다. 바다 내음으로 바다임을 짐작하게 하는 곳을 향해 등을 보이고 서 있었다. 여자는 남자를 살포시 뒤에서 껴안았다. 최대한 애교 많고 섹시한 애인이 되고 싶었다. 남자를 껴안은 여자 뒤로 대형 TV에서는 정치인들의 험악한 표정들이 클로즈업되었다. 곧이어 38층 건물 외벽이 무너지고….

남자는 입버릇처럼 말했었다.

─세상이 바뀌고 있어. 그럼 흐름을 타야지.

창백한 얼굴의 남자는 바뀐 세상에 적응하지 못하는 사람이 자신이라는 생각이 자꾸 들었다. 만약 아내가 멈추라고 소리를 질러주지 않았다면… 생각만 해도 오싹했다. 무인호텔에 보이지 않는 사람들. 사람의 손길.

자신을 감싸 안은 여자가 달콤한 목소리로 말했다. 애인 놀이가 끝나면 무슨 놀이를 할지 생각이 났다고. 여자는 바득바득 효자 아들과 어머니 놀이를 하자고 했다. 남자는 갈피 잃은 눈으로 검은 바다를 바라봤다.

열공나라

명숙의 옆자리에서 '끼이익 끼익' 의자가 바닥을 긁으며 끌려 나왔다. '열공나라' 공간으로 날카로운 소리가 쑥 들어왔다. 명숙은 놀라 자판을 두드리던 손가락을 멈췄다. 툭, 탁. 책상 위에 가방을 내려놓는다. 소리만으로 움직임이 그려졌다. 덜컥, 픽. 벽면에 붙은 전원에 노트북 코드를 연결하고 책을 펼친다. 펄럭 퍼러럭 휙휙. 사나운 바람이 대나무 숲을 헤집듯 책장이 넘어간다.

　　바짝 긴장한 명숙의 손이 떨렸다. 그녀는 앞으로 숙였던 몸을 뒤로 천천히 빼 눈동자만 슬쩍 옆으로 던졌다. 맞다. 그놈이다. 체크무늬 잠바와 쑥 올라온 더벅머리가 칸막이 너머로 보였다. 그는 이곳이 '열공나라'라는 사실을 망각한 채 조심은커녕 제멋대로 폭력적인 소리를 투하했다. 금세 달아오른 얼굴로 그녀는 '저런 놈이 공부해서 높은 자리 올라가면 어쩐다….'라며 속으로 혀를 찼다. 조용히 노트북을 덮고 눈을 감은 그녀의 눈꼬리 끝에 잔주름이 자글자글 잡혔다.

'열공나라'는 명숙에게 신천지였다. 젊은이들과 함께 깔끔하게 꾸며진 스터디카페에서 책을 읽고 글을 쓴다는 것은 기쁜 일이었다. 육십 중반에 들어선 그녀는 우연히 도서관에서 하는 '문학창작' 수업을 듣게 되었다. 그녀가 쑥스럽게 자작시를 낭송하자 젊은 강사는 연신 감탄사를 연발했다. 순간 그녀의 눈앞에서 폭죽이 터졌다. 다시 학생이 된 그녀는 '열공나라'를 찾았고 그곳은 더없이 좋은 창작공간이 되었다.

명숙은 늘 그랬듯 키오스크에서 결제한 노트북 존 83번 자리에 가방을 내려놓았다. 드문드문 책상 앞에 앉은 사람들이 고개를 숙이고 공부에 집중하고 있었다. 입꼬리가 슬쩍 올라간 채 그녀도 노트북 화면을 켰다. 푸른 창공에 학이 날아오른다. 학의 날개에 자신의 꿈을 얹은 명숙은 서툴지만 힘차게 자판을 두들겼다. 그때 옆에 놓인 핸드폰이 부르르 떤다. '열공나라' 카페지기가 보낸 문자였다.

─노트북 사용시 소음이 발생하지 않도록 주의해 주세요.

공부에 방해된다는 항의 문자가 왔습니다.

명숙은 당황스럽고 부끄러워 연신 핸드폰에 고개를 숙였다. 주위를 둘러봤지만, 그녀를 주시하는 사람은 아무도 없었다. 지금까지 누구에게 민폐 끼치지 않고 배려하며 올곧게 살아왔다고 자부했는데. 아직 사용 시간이 많이 남아있었지만, 얼굴이 화끈거려 명숙은 도망치듯 '열공나라'에서 빠져나왔다.

하지만 그 문자 하나 때문에 '열공나라'에 가지 않을 수는 없는 일이었다. 달이 지고 다시 해가 뜨자 명숙은 정해진 일과처럼 '열공나라'로 향했다. 어제보다 더 주의하고 조심하면 문제 될 것이 없었다. 명숙은 몸을 웅크리고 자판을 조심스럽게 눌렀다. 한참 집중해 자판을 치고 있는데 툭탁, 퍽. 무례한 소음이 과격하고 험상궂게 훅 들어왔다. 그녀는 화들짝 놀라 쪼그라져 소리를 따라 주변을 살폈다. 등 뒤에 체크무늬 잠바를 입은 남자가 앉아있었다. 불현듯 문자가 떠올랐다. 이 사람인가? 머릿속에 가득했던 시상은 다 달아나버렸고 이러다 심장병에 걸릴지도 모른다는 생각에 얼른 가슴을 쓸어내렸다. 그래도 그녀는 포기할 수 없었다.

만물이 생동하는 봄이었지만 시든 잎처럼 축 처져 명숙은

200

놀이터에 나와 손자가 노는 것을 지켜봤다. 그때 한 청년이 옆에 앉은 노인에게 공손하게 인사를 하고 지나갔다. 어디서 많이 본 뒷모습이었다. 그녀는 고개를 갸우뚱댔다. 그래, 그 체크무늬 잠바. 눈이 동그래진 그녀가 물었다.

"저, 청년을 알아요?"

"아, 저 청년이요. 우리 아래층에 사는 청년이지요. 어찌나 예의가 바른지, 모범 청년이지요. 엄청 똑똑한데 시험 운이 없는지 자꾸 떨어지나 봐요. 시험만 붙는다면 나라를 위해 큰일을 할 청년인데. 매번 이번이 마지막이다, 라며 필사적으로 공부한다고 하더라고요. 참, 어렸을 때 귓병을 앓아서 청력이 조금 떨어진다고 했었나…."

아하, 명숙은 앓던 이가 빠지고 명치 끝에 걸린 체증이 쑥 내려가는 기분이었다. 그럼 저 청년은 자신이 내는 소리를 인지하지 못하는구나. 자신에게 위협을 가하기 위해 내는 소리가 아니라는 것을 안 순간 그녀는 날아갈 것만 같았다. 지레짐작으로 상대를 괴팍한 청년으로 몬 것 같아 미안한 마음까지 들었다.

어김없이 '열공나라'로 출근한 명숙은 당당하게 자신이 좋아하는 자리에 앉았다. 옆자리에 체크무늬 청년이 앉아있었

다. 마음이 푸근했다. 심지어 반갑기까지 했다. 명숙은 노트
북을 꺼내 전원을 연결한 후, 화면을 열고 마음속 글을 써 내
려가기 시작했다. 강사는 살아온 이야기를 먼저 편안하게 써
보라고 했었다. 점점 마음이 뜨거워져 폭포수처럼 말들이 쏟
아졌다. 폭포는 넓고 깊어졌다. 그녀의 손이 빨라졌다. 오타
가 쏟아졌지만, 상관이 없었다. 아련한 첫사랑과 맵고 짰던 시
집살이 이야기, 무아지경이 된 듯했다. 옆에서 체크무늬 청년
이 책장을 찢어질 듯 넘겼고 독서대를 힘차게 넘어뜨리고 볼
펜을 신경질적으로 딸각딸각 댔지만 명숙에게는 들리지 않았
다. 자신에게 적의가 없다는 사실만으로 그 소리는 소음이 아
니었다. 단지 안타깝고 측은한 한 청년이 내는 불가항력적인
소리라고만 여겨졌다. 또 청년의 귀에 낀 하얗고 동그란 보청
기가 작고 예뻐 다행이란 생각이 들었다.

체크무늬 청년은 공부의 흐름을 방해하는 아주 작은 소리
도 싫었다. 끓어오르는 화를 더 큰 소음으로 토해내면 '열공나
라'에 평화가 찾아왔다. 이것은 그의 습관이 되었다. 그런데
이 중년 여자는 눈치를 줘도 못 알아채는 건지 소용이 없었다.
사람이 나이가 들면 움직임이 둔해 물건도 잘 떨어뜨리고 부
산스러워진다고는 하지만 이어폰을 껴도 들려오는 소음은 집

중을 흐트러뜨리고 심장을 벌떡이게 했다. 이번 시험을 망치면 모두 다 저 여자 탓이다. 청년은 입술을 깨물었다.

　오늘도 체크무늬 청년과 중년의 여자는 옆에 붙어 앉아 누가 더 큰 소리를 내는지 내기라도 하는 것 같았다. 노트북 존에 즐겨 앉던 여학생은 이제 '열공나라'를 떠나야 할 때가 되었다는 것을 직감했다. 항의 문자를 보내도 소용이 없었다. 그녀는 고개를 저으며 짐을 챙겼다.

택시 드라이브

진해는 택시 뒷좌석에 앉았다. 차를 타면서 옷이 구겨져 등이나 엉덩이가 배기지 않도록 자세를 잡으면서 두 눈은 택시 기사에게로 향했다. 백발의 기사는 뒤도 돌아보지 않은 채 백미러를 통해 그녀를 주시했다. 택시 기사의 손은 내비게이션 위에 있었다.

"어디로 모셔드릴까요?"

진해는 어깨를 으쓱거리며 잠시 머뭇거렸다. 그러자 택시 기사는 고개를 돌려 진해를 바라봤다. 그는 색깔이 약간 들어간 안경을 쓰고 있었는데 족히 일흔 살은 넘어 보였다. 진해는 어제 TV 예능프로에서 봤던, 한 번도 가본 적 없는 곳을 떠올리며 침을 꿀꺽 삼킨 후 말했다.

"도봉구 수유리 사거리까지 가주세요."

"네."

택시는 기사의 시원한 대답과 동시에 천천히 도로 주행선으로 방향을 틀면서 출발했다. 택시는 달리기 시작했다. 내비게이션 화면에서도 도로를 따라 화살표가 움직였다. 진해는 모든 것이 완벽하게 세팅되었다고 생각했다. 이제 시작하면 된다. 잠시 두 눈을 감고 차분히 마음을 가라앉혔다. 그때 기사의 목소리가 들려왔다.

"날씨가 엄청나게 추워졌지요? 며칠 전까지만 해도 더워서 헉헉거렸는데, 이놈의 날씨가 왜 이러는지. 원."

진해는 살짝 미소를 머금었다. 지금이 바로 시작 타이밍이었다.

"네, 날씨가 상당히 추워졌어요. 환경 파괴로 기후가 변해서 그런가 봐요. 사실 종잡을 수 없는 이런 날씨에 딱 맞는 인간이 한 명 있지요. 한번 들어보실래요?"

기사는 연신 내비게이션을 쳐다보며 양쪽 사이드미러도 힐끗거렸다. 바삐 운전하면서도 백미러를 통해 진해도 살폈다. 진해는 기사가 그러거나 말거나 택시를 탄 목적을 달성하기 위해 오늘 있었던 일을 풀어놓기 시작했다.

"얼마 전 프로젝트 발표가 있었던 날이에요. 그걸 준비하기 위해 며칠을 밤샘했는지 몰라요. 없는 시간에 짬을 내 정장도 한 벌 사고 신발까지 세트로 맞춰 준비했어요. 그런데 출근하자마자 부장이 부르더라고요. 중요한 프로젝트인 만큼 자기가 발표하겠대요. 이 프로젝트를 놓치면 안 된대요. 그 말에 덜컥 겁이 나더라고요. 그래서 그러라고 했지요. 그런데 그놈이 아주 망쳐 버렸어요. 어찌나 버벅거리는지, 제가 다 민망했어요. 제가 어떻게 만든 제안서인데, 떡을 치고 나와서 한다는 말이 제안서가 부실했대요. 어이가 없어서. 그런데 오늘 발표가 났어요. 제 제안서가 채택된 거예요. 그러니까 부장 놈이 그러더라고요. 자신이 발표를 잘해서라고요. 당연히 채택되었으니 공은 부장에게 돌아갔죠. 그것 준비할 때는 코빼기도 보이지 않더니만. 부하직원의 공을 날름 빼앗아 가는 인간들, 어쩌면 좋죠? 생긴 건 순한 곰같이 생겨서 하는 짓은 뱀 같아요. 이번이 한두 번이 아니에요. 지난번에도 제 실적을 가로채 신임을 얻더니 또 그런 짓을 한 거죠. 사람들 앞에서 제 제안서라고 말하고 싶었지만, 회사를 그만둘 것도 아니라 참았어요. 자기 목소리를 냈다가 가방 싼 사람들을 여럿 봤거든요. 참긴 했는데 속에서 불이 나요. 사실 그 제안서 제가 쓴 것 모두가 아는데 아무도 말하지 않더라고요. 무슨 심보지요? 모두가 한통속이 되어 제 결과물을 빼앗아 갔어요. 진짜 못된 인간들이죠? 그런데 더욱 화가 나는 건 제가 착한 얼굴을 하고 그 인간에게 축하한다고 말했다는 사실이에요."

기사는 여자의 속사포 말에 아, 네,만 반복했다. 여자가 속 상할 만도 하다는 생각이 들기는 했지만, 자신의 대답은 들을 생각도 안 하는 것이 못내 아쉬웠다. 나이 든 사람으로 한마디 위로나 조언도 해 줄 수 있을 것 같은데 도통 여자는 틈을 주 지 않았다.

"기사님, 새로 신입사원이 들어왔는데, 정말 답이 없어요. 옆자리에 앉았는데 텀블러를 들고 일어나더라고요. 아, 탕비 실에 가나보다 싶어서 제가 그랬지요. 가는 길에 나 물 한 잔 만. 그랬더니 발끈해서 업무와 관련 없는 물심부름은 시키지 마세요, 하는 거예요. 어찌나 놀랐던지. 그때 정말 제가 바빴 거든요. 화장실에도 못 갈 정도로요. 정말 요즘 젊은것들은 자기밖에 몰라요."

"그래요. 요즘 젊은이들은 정말⋯."

기사가 이때다 싶어 입을 들썩이자 진해는 바로 연발탄처 럼 말을 쏘아댔다. 기사는 말 폭탄에 놀라 제대로 목적지를 향 해 가고 있는지 헷갈렸다. 정신을 차리기 위해 눈을 크게 껌벅 였다.

진해가 몸을 앞으로 기울이며 내비게이션 화면을 뚫어지게 바라봤다. 전혀 모르는 길이었다. 물론 알 필요도 없었다.

"얼마나 더 가면 되나요?"

"사거리까지 20여 분 남았습니다."

그러자 진해는 옆에 놓인 가방끈을 힘주어 잡았다 놓으며 기사의 구부정한 뒷모습을 향해 이야기를 시작했다.

"제가 아는 사람이 시민운동을 해요. 좋은 일이죠. 이웃과 사회, 나라를 위해, 더 나아가 세계 인류를 위해. 저는 개인을 희생하면서까지 사회를 위해 일하는 사람이 꼭 필요하다고 봐요. 그런 분에게 감사하죠. 존경스러워요. 그런데 그게 자기 가족이라면 말이 달라지죠. 집에 먹을 것도 없는데 시민 활동 한다면서 쫓아다니면 누가 좋아하겠어요. 답이 없죠. 기사님은 어떻게 생각하세요?"

기사가 드디어 말할 기회를 얻었다. 기사는 회심의 미소를 지으며 입을 열었다.

"그렇지요. 남에게 좋은 일을 하는 것은 참으로 훌륭한 일이지요. 그런데…."

"맞아요. 희생이 따르지 않는 좋은 일은 찾기 힘들죠. 희생이 따르기에 더욱 위대해 보이는 법이지요. 본인이야 자기가 선택했으니 희생을 감수하면 되지만 그 가족은요? 시민 활동도 마음만으로 할 수 없는 일이에요. 움직이면 돈이잖아요.

최소한의 경비라도 있어야 뜻도 펼칠 수가 있어요. 결국 가족에게 계속 손을 내미는 거죠. 어떤 남자는 지리산에 골프장 들어서는 걸 막으러 지리산에 내려가 몇 달째 텐트치고 시위하고 또 어떤 여자는 해양에서 밀려온 쓰레기를 수거하러 동해에 갔다 왔대요. 훌륭하죠. 정말 필요한 사람들이에요."

진해는 잠시 말을 멈추었다가 큰 결심을 한 듯 말을 이었다.

"저희 언니 부부 이야기예요. 오늘도 언니한테서 전화가 왔었어요. 조카들 학원비가 없다고. 그 얘길 왜 내게 하냐고 형부한테 하지. 그랬더니 큰일을 하는 사람에게 신경 쓰이게 하고 싶지 않대요. 정말 천생연분이지요. 그럼, 저는요? 결혼도 안 한 애가 돈 쓸데가 어디 있냐고 하더라고요. 그래요. 우리 언니 부부 같은 사람이 있어야 세상은 바뀔 거예요. 참 제가 못난 사람이죠. 힘들게 벌어 자신을 위해 한 푼도 안 쓰고 좋은 일에 기부하는 사람들도 있고 자신의 편안함을 내려놓고 좋은 세상을 만들기 위해 모든 걸 던진 사람도 있는데. 저도 그런 분이 대단하다 싶고 존경하는 마음도 들고 감사하기도 하지만 저도 그렇게 살아야 하는 건 아니잖아요? 저도 그런 마음이 들어 아낌없이 주면서 살면 아무 문제가 없어요. 그런데 저는 내가 왜?란 의문이 들고 자꾸 억울한 기분이 들죠.

언니 부부는 생색은 나잖아요. 저는요? 그렇다고 이런 얘기를
아무한테나 할 수도 없고…."

"아, 그런 문제를 안고 있으시군요. 저는…."

"괜찮아요. 제가 횡설수설했지요. 위로 안 해 주셔도 돼요.
잠시 생각 좀 해야겠어요. 기사님, 도착 지점까지는 얼마나 남
았나요?"

"한 오 분쯤요."

진해는 한 번도 와본 적 없는 도로변 거리를 초점 없는 눈
으로 바라봤다. 오늘은 대나무숲 택시 드라이브가 효과를 발
휘하지 못한 것인가, 말을 하다 보니 더 흥분되고 가슴이 뛰었
다. 창문을 살짝 열어 깊은 호흡으로 찬 공기를 빨아들인다.
몸 안으로 찬 공기가 들어가자 정신이 맑아 온다.

작년 이맘때쯤 진해는 경복궁 앞에서 택시를 탔다. 지방에
서 열린 회사 워크숍을 마치고 팀원들과 저녁을 먹고 집으로
가던 길이었다. 카카오톡으로 부른 택시에서 중년의 기사가
내려 그녀의 묵직한 캐리어를 짐칸에 넣어주었다. 그녀는 몸
이 피곤해 간단하게 눈인사만 하고 택시에 탔다. 타자마자 기
사는 경복궁의 역사에 대해 말하기 시작했다. 창밖으로는 광
화문을 등지고 세종대왕과 이순신 장군이 인자하고 당당하게

자리를 지키고 있었다. 기사는 대한민국이 얼마나 아름답고 대단한 나라인지 숨 쉴 틈도 주지 않고 이야기를 쏟아놓았다. 자신이 차를 몰고 다니면서 봤던 한국의 명소를 릴레이 뜀틀을 뛰는 것처럼 숨 가쁘게 말했다. 진해는 관광 가이드로도 손색이 없어 보이는 기사의 행동에 미소가 절로 지어졌다. 그의 말을 마냥 듣고 있는 것도 예의가 아닌 것 같아 한마디 건넸다.

"기사님은 무척 행복하시겠어요. 좋아하는 일을 하면서 사시니까요?"

기사는 그 말에 신이 났는지 한껏 목청을 높여 말했다.

"그럼요. 행복하지요. 주로 외국 관광객을 많이 태우는데 제가 우리나라 홍보대사입니다. 물론 위촉장은 안 받았지만, 소신 있게 사명감을 가지고 제가 일하고 있습니다. 게다가 제가 아내와 졸혼해서 집에 들어가도 자유입니다. 혼자 살거든요. 먹고 싶으면 먹고 자고 싶으면 자고. 누가 먹어라, 자라 하는 잔소리도 없고 제 삶이 천국입니다. 솔직히 말하면 제가 집에서 쫓겨났어요. 아내가 저랑 살면 죽을 것 같다고 나가라고 하더군요. 죽겠다는데 나가야지요. 아내는 장인어른 돌아가셨을 때, 사위로서 자리를 지키지 못했다는 데 화가 난 거예요. 주식 투자로 재산을 날려 먹고 보증으로 집안을 쫄딱 망하게 했을 때도 참았는데 사위 도리 못한 건 참을 수 없다고 하더라고요. 미안하다고 빌었지만 안 받아주더라고요. 그래서 에라 모르겠다, 너 좋은 대로 살아 봐라, 하고 집 나와서 혼자 살고 있어요. 제 마누라가 신경쇠약증 환자예요. 저 아니면 살아줄 남자가 없다는 걸 몰라요. 그 은공도 모르고."

기사는 숨을 한 번 쉬고 바로 말을 이었다.

"자식놈들도 제 어미 편이라 짐 싸서 나오는데 말리지도 않더라고요. 저야 장땡이지요. 택시 운전하면서 돈도 벌고 집에 가서 자유롭게 지내고. 너 아니면 내가 못 살까! 시장에 가면 반찬 가게가 수두룩해요. 여편네는 매번 하던 반찬만 하지, 별미를 만들 줄 몰라요. 그런데 반찬가게마다 특색있는 반찬이 있어요. 그걸 찾아서 제 입에 맞는 걸로 밥상을 차리면 어찌나 행복한지…."

진해는 깜짝 놀랐다. 자신의 사적인 이야기를 주절주절 늘어놓는 이런 택시 기사를 한 번도 본 적이 없었다. 잠시 입을 닫고 행복을 음미하는 줄 알았던 기사가 다시 입을 뗐다.

"현관문 비밀번호를 수시로 바꾸던 마누라도 시간이 지나자 많이 변하더라고요. 아들놈도 제 아비 죽었나 살았나 가끔 안부 전화도 하고, 아내랑 지난번에는 밥도 같이 먹었어요. 제가 돌아다니면서 봐놨던 고급스러운 식당으로 데려가 멋지

게 밥을 사줬지요. 잘 먹더라고요. 그날 저도 밥맛이 꿀맛이
었습니다."

진해는 웃음이 나오려는 것을 간신히 참고 말했다.

"기사님이 행복한 건 신경 안 쓰고, 하고 싶은 말 다 하고
살아서가 아닐까요?"

"맞아요. 맞습니다. 손님을 제가 또 어디서 만나겠습니까.
저는 손님께 제 가슴에 있는 얘기를 다 털어놓습니다. 물론 제
말을 들어줄 만한 분에게 하는 거지요. 속이 풀릴 때까지 똑같
은 얘길 수만 번 반복해도 누가 뭐랍니까. 손님은 처음 듣는
이야기인데, 그러다 보면 속이 시원해집니다. 진짜 속말을 하
거든요. 어디 소문날 염려도 없고, 가식 없이 벌거숭이가 되어
말을 합니다. 손님은 눈썰미가 좋습니다. 벌거벗은 저를 꿰뚫
어 보다니. 오늘도 전 시원합니다."

진해는 그 후, 속이 답답할 때는 택시를 탔다. 뜨거운 불판
에서 금방 튀겨진 팝콘처럼 사방으로 날아간 감정을 차분히
소쿠리에 담기 위해 택시를 탔다. 점심을 간단하게 해결하고
커피 마시는 횟수를 줄여 남은 금액을 차곡차곡 모았다. 그러
다 속이 터질 것 같으면 무작정 택시를 탔다. 그리고 기사의
뒤통수에 대고 벌거숭이가 되어 속마음을 털어놓았다. 기사

가 동조의 추임새를 넣어주거나 고개를 끄덕거리면 속마음이 날개를 달고 마음껏 하늘을 날았다. 묵혔던 말을 시원하게 쏟고 나면 온몸에 생기가 돌았다. 친구나 동료, 가족, 정신과 의사를 찾는 것보다도 훨씬 효과가 좋았다. 특히 말이 변질 염려가 없었다. 말이 오해를 낳을 염려도 형태가 변질될 걱정도 없었다. 실체가 있는 존재이긴 하지만 택시 기사와 진해는 서로에게 익명의 인물이었다.

진해는 잠시 후 낯선 도로에 내려질 자신을 떠올렸다. 화가 풀리지 않아 다시 택시를 타고 기사에게 일방적인 대화를 던질 것인지 아니면 대중교통을 이용해 집으로 돌아갈 것인지 선택을 해야 했다. 오늘은 어찌할까? 내비게이션 화면을 슬쩍 봤다. 도착 지점까지는 800m가 남았다. 진해는 숨을 깊이 내쉬고 난 후, 기사에게 말했다.

"누군가에게 뭔가를 부탁할 때, 진짜 힘들게 말하는 건지도 몰라요. 듣는 사람은 자기 상황과 기분에 따라 자기식대로 듣지만, 말하는 사람은 정말 간절하게 죽을 것 같아 살려달라고 말하는지도요. 까짓것 돈은 있다가도 없고, 없다가도 있는데, 사람은 그렇지 않잖아요. 잃어버리면 다시 찾기 힘들잖아요. 우리 언니 부부는 특히 더 그렇죠. 우리 언니 부부는 사막에 나무를 심는 사람들이에요. 사막에 숲이 생기면 사람들에게는 삶의 터전이 생기는 거지요. 저는 가끔 물 한 바가지를 나무에 부어주는 정도랄까. 부끄럽지만 제가 부어준 물로 단단해진 뿌리는 어디로 어떻게 뻗어나갈지 모르잖아요. 힘 있는 뿌리는 건강한 나무를 키우고 나무는 알찬 열매를 맺고 씨앗은 사방으로 튀어 여기저기에 새싹이 움트고…. 기사님, 혹시 이 거리에 현금자동입출금기가 있는 곳을 아시나요? 그곳에 세워주시면 좋겠는데요."

기사는 고개를 갸웃대더니 달리던 방향을 틀어 이리저리 돌아서 불 꺼진 은행 앞에 택시를 세웠다. 현금자동입출금기가 있는 부스만이 불빛을 밝히고 있었다. 택시 뒷자리에서 내린 진해는 그곳을 향해 빠르게 걸어갔다.

비가 그치면

톡, 빗방울이 P의 얼굴로 떨어졌다. 유달산을 오르던 P는 걸음을 멈추고 하늘을 올려다봤다. 청명했던 하늘은 어느새 몰려든 먹장구름으로 짙은 회색을 띠고 있었다. P는 앞에 펼쳐진 비탈진 길을 한 번 올려다보고 묵묵히 걷기 시작했다. 툭툭 굵어진 빗방울이 손등을 때렸다. 산을 오르내리는 사람들의 발걸음이 부산해졌다. 몇 걸음 떼기도 전에 빗방울은 소나기로 변해 무섭게 쏟아졌다. 흐려진 시야로 '유선각'이라는 푯말이 보이자 P는 자신도 모르게 정자를 향해 걸었다.

"어휴, 비를 많이 맞았네요. 얼른 이리 들어와요."

정자 안에 있던 중년의 여자가 P를 반겼다. 삽시간에 옴팡 젖은 P를 여자는 애처로운 눈빛으로 바라봤다.

"갑자기 비가 오네요. 오늘 비 온다는 소식 있었나요?"

살갑게 말을 붙여오는 여자에게 P는 대답 대신 고개를 저었다.

"그렇지요. 비 온다는 소리 못 들었지요. 그래도 얼마나 다행이에요. 비를 피할 곳이 있으니. 이렇게 쏟아질 때는 비를 잠시 피하는 게 상책이에요. 어쩌나 감기 걸리겠네."

여자는 P를 안타까운 눈으로 바라봤고 가방을 열더니 푸른색 수건을 꺼내 P에게 내밀었다.

"닦아요. 옷이야 젖었으니 어쩔 수 없지만 얼굴이라도 닦아요."

P는 느리게 고개를 저었다. 물에 빠진 생쥐 꼴로 서 있는 P를 물끄러미 바라보던 여자가 어깨를 으쓱거렸다.

"비가 오니까 으스스하지요. 몸에 뭐라도 두르면 따뜻해져 좋을 텐데."

P가 별 반응을 보이지 않자 여자는 수건으로 자신의 목을 감싼 후, 몸을 돌려 정자 밖을 내려다보았다. 빗줄기에 갇힌 다도해와 목포 시내를 한참 내려다보던 여자가 탄성을 질렀다.

"와, 이리 비가 내리는데 저곳에는 비가 안 오는지 하늘이 맑아요. 저곳이 그 유명한 삼학도이고 저쪽이 영산강 하굿둑,

저 건물은 연안 여객선터미널이고 요 밑에가 노적봉이네요."

여자는 팔을 뻗어 손가락으로 이곳저곳을 가리켰다. P는 선 채로 바닥에 물그림자를 만들면서 서 있었다.

"운무가 걷혀 잘 보이니까 좋네요. 비가 내려도 이리 운치가 있으니 좋고. 이래도 좋고 저래도 좋고."

여자의 시원한 웃음소리가 빗소리를 뚫고 들려왔다.

곧이어 잦아들었던 비가 다시 무서울 정도로 쏟아지기 시작했다. 북항과 고하도 승강장을 오가는 해상케이블카가 공중에서 위태롭게 흔들렸다. P는 흔들리는 케이블카를 바라봤다. 순간 P의 몸이 휘청였다. P는 두 팔로 자신을 감싸 안은 채 무너지지 않으려는 듯 두 다리에 힘을 주고 눈을 감았다. 빗소리가 온 우주를 채웠다. 지금 비와 자신만이 우주를 유영하고 있는 듯했다. 그 먹먹함을 깨뜨리는 것은 낯선 여자였다.

"이리 와 봐요. 지금 우리 머리 위에만 먹구름이 있어요. 하지만 저쪽 하늘을 보니 이 비도 금방 그칠 것 같아요."

P는 마지못해 느리게 여자 쪽으로 다가갔다.

목을 길게 빼 하늘을 올려다보자 먼 하늘은 바다색과 구분이 안 될 정도로 구름 한 점 없이 파랬다. 유달산에만 비가 쏟아지고 있었다. 여자가 들뜬 음성으로 말했다.

"조금 후면 비가 갤 것 같지요. 조금만 더 기다려 봐요. 조금만."

P는 고개를 끄덕였다. 그러나 정자 위의 먹구름은 쉽게 사라지지 않았다. 번쩍 눈앞에서 번개가 쳤다. 곧이어 우레같은 천둥이 이어졌다. 번개가 내리꽂힐 때마다 두 사람의 거리가 조금씩 좁혀졌다. 몇 번의 번개와 천둥이 오고 간 후, 빗줄기가 조금 잦아들었다. 여자는 힘을 잃어가는 빗줄기를 보며 말했다.

"그래도 이렇게 조금만 참았으면 좋았을 텐데. 나는 평생 가구 사업을 했어요. 사업이 잘돼 무리해서 공장도 확장하고 신이 났었죠. 그런데 하루아침에 모든 게 날아갔어요. 납품할 가구들이 가득 찬 공장에 불이 났어요. 모두 재가 되고 말았지요. 다행히 인명피해는 없었고 보험을 들어놔 다시 수습하면 된다고 생각했는데 남편이 내가 가장 믿었던 20년 지기 친구와 그 돈을 들고 해외로 날라버렸어요. 미친년처럼 뒷수습하랴 도망친 연놈 찾으러 다니랴 정신이 없었는데…."

여자의 뜬금없는 고백에 P의 시선이 흔들렸다. 빗소리가 여자의 작은 넋두리의 배경이 되어 두 사람 사이를 가득 채웠다. 여자는 마치 눈앞에 또 다른 누군가가 있기라도 한 것마냥 그저 앞쪽 어딘가를 바라보며 말했다.

"나는 재산을 빼앗겼다는 것보다 내 신의에 대한 배신에 몸서리쳤지요. 그런데 기막힌 일이 일어났네요. 훔쳐 간 돈으로 잘 먹고 잘살 줄 알았던 두 사람이 교통사고로 함께 세상을 떠났다는 거예요. 겨우 여섯 달 살고. 재미나게 살아보지도 못하고. 이런 좋은 경치와 빗소리도 못 듣고, 처음 만나는 사람과 얘기도 못 나눠보고⋯."

빗소리가 여자의 목소리를 감쌌다.

"한때는 미워서 벌떡벌떡 일어났는데 지금 돌이켜보니 좋은 일도 있었어요. 그랬으니까 함께 살았겠지요. 상처로 헤어지고 구멍 난 기억을 지금 수선하고 있어요. 비가 시원스럽게 내리네요. 우린 비조차 조심해야 해요. 어떤 시인이 그랬잖아요. 나를 사랑하는 사람을 위해 빗방울조차 조심해야 한다고요. 나에게 아직 그런 사람이 있을까요?"

P의 눈에 번개가 번쩍였고 귀에 천둥이 쳤다. 여자의 말이 이어졌다.

"생각해 보니 그런 사람이 있더라고요. 나를 가장 사랑해 줄 내가 있네요. 나는 나를 위해 남편의 기억을 수선해 예쁜 마음만 안고 살래요. 님도 만약 나쁜 기억이 있다면 기억을 수선해 행복하게 살았으면 좋겠어요. 사실 비가 너무 쏟아져서 무서웠는데 함께 있어서 편안했어요. 고마워요. 함께 있어

쥐서. 어머, 얼굴이 파래졌네요. 젖은 옷을 입고 있어서 그래
요."

여자는 가까이 다가와 자기 목에 둘렀던 수건을 풀어 P의
목에 감아 주었다. 여자의 온기를 품은 수건은 따뜻했다. 수
건이 품은 온기는 P의 몸을 덥혀주었다.

"비가 그쳤네요. 그럼, 이만 안녕."

여자는 정자를 한번 둘러보고 산을 내려갔다. P는 목에 두
른 수건을 두 손으로 꼭 누르며 여자의 뒷모습을 지켜봤다. P
가 멘 백팩 안에는 영원한 이별을 위해 준비한 편지가 들어있
었다. 그것은 이제 주인에게 전달되지 못할 쓸모없는 것이 되
어 버렸고 P는 그 공간을 채울 기억을 더듬더듬 찾아 한땀 한
땀 수선하기 시작했다. 유달산 하늘 위에서 햇빛이 찬란하게
빛났다.

감사합니다. 그대가 있어서

"이게 뭐야? 본인이 본인 환갑 축하 플래카드를 달았단 말이야!"

배드민턴 동호회 '살고 싶으면 움직여라' 단톡방에 올라온 사진을 보고 내 눈을 의심했다. '황명구의 환갑을 축하합니다'라는 플래카드 아래, 남부끄러우니 빨리 찍으라는 듯 새초롬한 표정의 그의 아내와 도살장에 끌려 나온 듯한 건장한 세 아들 사이에 심하게 웃어, 눈이 사라져 금복주 같은 얼굴로 황명구가 앉아 있었다.

곧이어 황의 환갑을 축하하는 댓글이 줄줄이 사탕처럼 달리기 시작했다. 청춘인 줄 알았더니 벌써 환갑이세요. 환갑이면 청춘이지요. 이제 청춘을 즐길 일만 남았네요. 인생은 환갑부터. 황 부장님, 멋져요. 축하 이모티콘이 연이어 팡팡 터졌다. 그러나 요즘 환갑이 뭐 대단한 일이라고 플래카드까지 달고 법석을 떠는지, 황의 부담스러운 오지랖에 혀를 내두르는 회원들의 모습이 그려졌다. 포부도 당당하게 가족을 이끌고 플래카드 앞에 앉아 있는 황의 얼굴을 찬찬히 들여다봤다.

회사가 어려워지자 대표는 창업 동료인 나를 내 의사와는 상관없이 명예퇴직이란 이름 아래 정리했다. 인생사에 한번은 지나갈 일이라지만 화가 났다. 나를 팽개친 놈들에게 잘살고 있다는 걸 보여주기 위해서라도 바쁘게 살아야 했다. 새벽이 밝아오기 전 뒷산에 올라 찬 공기를 맞으며 마음을 삭였다. 그러다 산 중턱에 배드민턴 네트가 쳐진 공터와 배드민턴 회원을 모집한다는 플래카드를 보게 되었다. 낯선 사람을 만나면 얼굴부터 빨개졌던 나는 변해야 한다는 생각에 동호회 문을 두드렸다. 동호회 회원은 20여 명 되었는데 회원모집이라는 말이 무색하게 막상 참석하자 별반 반기는 표정이 아니었다. 호기심 어린 눈으로 내민 손에는 온기가 없었다. 백수인 나는 지레 의기소침했다. 그때 화통하게 웃으며 한 남자가 거침없이 달려와 두꺼비 같은 두 손으로 내 찬 손을 감싸 쥐었다.

"잘 오셨습니다. 와 주셔서 감사합니다."

우렁찬 그의 인사에 감격하고 말았다. 그가 잡아준 손의 온기로 나는 배드민턴 동호회 모임에 꼬박꼬박 참석했다.

황은 동호회의 비타민이었다. 그가 있는 곳은 시끌벅적했다. 회원들은 무슨 일만 생기면 황을 찾았다. 그는 기업의 영업부장이라 했다. 무엇을 파는지 어느 회사에서 일하는지 딱히 알 수 없지만 오랜 영업으로 인맥이 넓다하니, 알고 있는 것만으로도 든든했다.

황은 돈도 잘 썼다. 더우면 시원한 음료수를, 추우면 따뜻한 차를, 출출할 땐 순대나 떡볶이, 치킨을 두 손 가득 들고 오곤 했다. 그에 관한 미담도 많았다. 한 회원의 어눌해진 말투를 보고 병원으로 즉시 데려가 뇌졸중을 막아준 일이나, 아픈 사람들의 증상을 듣고 적절한 병원을 소개해 준다거나 주변에 힘든 사람들을 찾아 발 벗고 나선 일들은 차고도 넘쳤다.

나 역시 새로운 사람들을 만나는 게 즐거웠다. 삶에 활력이 돌아 무슨 일이든 시작할 용기도 생겼다. 다 황의 덕이었다. 그에게 고마움을 표현하면 그는 쑥스러운 듯

"무슨… 제가 고맙지요. 고마울 뿐입니다."

라고 허리를 90도로 굽혔다.

그런데 몇 달 지나 회원들이 앞에서 하는 말과 뒤에서 하는

말이 다르다는 걸 알게 되었다. 앞에서는 그를 추켜세웠지만 뒤에서는 너무 오지랖이 넓어 모든 일에 끼어들고 말처럼 일을 완벽하게 처리하지 못한다는 것이었다. 그의 친절이 일감을 따내려는 의도가 깔려 있지 않나 의심하고 있었다.

남이 뭐라건 이리저리 뛰어다니던 황이 언제부터인가 모임에 자주 빠지고 김빠진 콜라처럼 기운이 없어 보였다. 항상 이야기 중심에 있던 황은 빠르게 주변 인물로 물러나 앉았다. 사람들은 황의 변화에 개의치 않는 듯했다. 나는 그가 걱정되었다.

—황 부장님, 시간 되시면 소주 한잔하시지요?

내가 문자를 보내자마자 황은 총알처럼 달려 나왔다. 우선 독한 소주로 목을 축인 후, 항상 궁금했던 걸 지나가는 듯 물었다.

"어찌 그리 감사하다는 말을 달고 사십니까?"

그가 금복주 같은 표정으로 말했다.

"제가 마법에 걸려서 그럽니다."

무슨 뜻이냐고 고개를 갸웃대자 황은 그윽한 눈빛으로 이야기를 풀어냈다.

황은 막막했다. 월세로 전전하다 겨우 전세를 얻어 몇 년 편안하게 살았는데 전세 사기를 당해 돈을 다 날리게 생겼다. 아내에게 다시 월세방을 알아봐야 한다는 말을 도저히 할 수 없어 집주인을 잡겠다며 며칠을 쫓아 다녔다. 제대로 먹지도 씻지도 않아 사람 꼴이 말이 아니었다. 허탕을 치고 벤치에 앉자 눈물이 쏟아지는데 뿌연 시야로 손 하나가 불쑥 들어왔다. 눈물을 훔치고 봤더니 꽈배기를 든 손이었다. 추레한 남자가 히쭉 웃으며 먹으란다. 그도 꽈배기를 하나 물고 우적거리고 있었다. 몇 끼를 굶어 배도 고프던 참에 얼른 받아 꽈배기를 순식간에 먹어 치웠다. 아쉬워 입맛을 다시며 돌아봤더니 땟국물이 줄줄 흐르는 노숙자가 웃고 있었다. 황은 아연실색했다. 이맛살이 찌푸려지면서 속이 메스꺼워지려는 순간 황의 깊은 내부에서 터져 나온 소리는 '고맙습니다'였다. 고개를 깊이 숙이고 고맙습니다, 를 연발했다. 그는 주머니를 뒤져 있는 돈을 몽땅 그 남자에게 주었다. 아마, 만 이천 원 정도였으려나….

황은 집을 향해 걷기 시작했다. 감사합니다, 를 연발하며 한 발 한 발 내디뎠다. 감사할 게 천지였다. 못 살겠다고 악을 쓰면서도 도망가지 않는 아내와 공부 못하고 말 안 듣는 것만 빼면 다 사랑스러운 아들 세 놈과 전세금은 날렸지만, 월세방을 얻을 수 있는 돈이 그나마 있으니 다행이라고. 건강한 팔다리와 아직도 하고 싶은 일이 많이 남았고 좋은 이웃과 친구가 있으니 감사할 뿐이라고. 그렇게 한 시간을 걸어 주문처럼 감사합니다, 를 되뇌며 집에 도착하자 핸드폰 문자가 날아왔다. 전세금을 돌려주겠다는 집주인의 문자였다. 그동안 빌라 건물을 자기 집처럼 관리해 준 황 씨가 고마워 전세금을 먼저 돌려주겠다는 문자였다. 감사합니다, 의 마법이 시작된 순간이었다.

황은 앞에 놓인 소주를 한입에 털어 넣고 의미심장하게 말했다.

"그런데 말입니다. 제가 그 감사하다는 마법을 제대로 쓰고 있는 건지 잘 모르겠습니다."

몇 년 전 황 부장의 먼 친척 형이 사고로 다리를 다쳤는데 물리치료를 받다가 온열 기구에 화상까지 입고 말았다. 제때 치료를 못 받아 다리를 못 쓰게 되자 황은 도시의 큰 병원에서 치료받으면 나을 것 같아 주위의 만류에도 불구하고 덜컥 그를 큰 병원으로 데리고 왔다. 금방 나아 두 다리로 걸어 퇴원할 것을 예상했는데 쉽지 않았다. 이 병원 저 병원을 전전하며 시간은 하염없이 흘러갔다. 형의 가족은 이제 나 몰라라 병간호를 황에게 떠넘기고 연락을 끊다시피 했다. 긴 병에 효자 없다고 황은 점점 지쳐갔다.

한동안 입을 꾹 다물었던 황이 나지막이 말했다.

"이 형이란 작자가 오랜 병원 밥에 질렸다고 갈 때마다 간식을 사 먹게 돈을 달랍디다. 나는 안 먹어도 싱싱한 과일에 과자를 한 보따리씩 사다 날랐는데…. 그래도 불쌍해서 돈을 줬지요. 그랬더니 병실 환자와 간병인까지 외부 음식을 시켜 먹이더라고요. 저만 처먹어도 될까 말까 한데 그 주제에 잘 난 척하느라 선심을 쓰고 있더라고요. 그 미친놈이요. 미친놈 때문에 돈이 씨가 말라 제가 사람 구실을 못 하고 살았습니다. 회원분들에게 시원한 음료수도 못 사다 드리고…."

나는 벌어진 입을 다물지 못하고 진짜 미친놈이 이런 놈이지 싶었다.

"그래, 형님은 이제 괜찮아졌습니까?"

"아니요. 5년 동안 고생을 하더니 며칠 전에 돌아가셨어요."

"아, 뭐라 위로의 말을 해야 할지…."

"아니요. 김 형, 형님이 돌아가셨다는 의사의 전화를 받는 순간 제가 뭐라고 한 줄 아세요? 글쎄 제가 감사합니다. 정말 감사합니다. 그러고 있더라고요. 의사가 무슨 뜻이냐고 묻지 않았다면 계속 감사합니다, 를 연발했겠지요. 제 얘기는 이것으로 끝입니다. 끝."

별이 총총 박힌 그날 밤, 소주를 거푸 들이켜며 초승달이 되어 버린 황의 눈에서는 눈물이 쉴 새 없이 흘러내렸다.

　나는 댓글을 달았다. 손가락에 힘을 주어 한 자 한 자 꾹꾹
눌렀다.

　-감사합니다. 그대가 있어서!

해설

삶의 역설을 통한 사랑과 희망의 서사
─이월성 소설집『무해한 눈빛들』

유성호(문학평론가·한양대학교 국문과 교수)

1. 공감의 이타성을 추구하고 실현하는 윤리적 지향

소설은 인간의 삶을 형상적으로 해석하여 새로운 삶의 형식을 제시하는 것을 목표로 하는 산문문학의 한 갈래이다. 그것은 인간의 삶을 제시하는 데 일차적 목표로 두기 때문에 그에 대한 작가적 해석과 판단 과정은 매우 중요한 소설적 성과의 관건이 된다. 당연히 그 안에는 인간과 사회에 대한 작가의 사유와 감각이 담기게 되고, 그 과정에서 소설은 객관적 사실(fact)보다는 소설적 진실(truth)에 방점을 찍게 된다. 요컨대 훌륭한 소설은 인간의 이성과 욕망 양면에 걸치는 이해를 바탕으로 인간을 통합적으로 해석하고자 하고 논리와 정서, 개인과 사회, 성聖과 속俗을 통합적으로 이해하는 가운데 삶의 정체성을 확보해 간다는 믿음을 그 저류底流에 깔고 있는 것이다. 이때 독자들은 자신의 지적 호기심을 충족하기도 하고,

상상적 일탈을 꿈꾸기도 하고, 자신의 삶에 대해 다시 한번 실존적 다짐을 느끼기도 할 것이다. 이월성 작가의 신작 소설집 『무해한 눈빛들』(도화, 2025)은 이러한 소설의 입체적 속성을 실물적으로 증언하는 수일秀逸한 성취로 다가온다. 그 안에는 단편소설 6편과 스마트 소설 7편이 실렸는데, 그 인물들은 인간의 이성과 욕망, 상처와 희망 사이에서 무수히 흔들리고 있으며 작가는 그 과정에서 인간에 대한 궁극적 신뢰를 던져주는 일관성을 지켜간다. 융융하고 아름다운 성취라 할 것이다.

대체로 독자가 소설을 읽는 방식은 두 가지이다. 하나는 소설에 존재하는 화자의 이야기를 경험하는 일이며, 다른 하나는 소설 안의 서사나 묘사를 따라가면서 파생적 상상을 경험하는 일이다. 이야기 중심의 작가라면 전자의 경험을 압도적으로 선사하겠지만, 내면 묘사가 많고 서정적 터치가 강한 작품이라면 후자의 독법讀法이 더 커다란 경험적 중요성을 띨 것이다. 이월성의 소설은 이러한 양편향의 독법을 모두 적용할 수 있는 소재와 사건 그리고 감각의 깊이를 두루 담고 있다는 점에서 주목할 만하다. 그의 소설 미학은 경험적 진실성과 미학적 상상력을 통해 예술적 차원을 최적화함으로써 최대치의 공감을 선사하고 있기 때문이다. 여기서 '공감(empathy)'이란 개인이 타자와 연관을 맺고 서로 영향을 미치면서 서로를 만들어가는 상호 생성자(inter-becoming)의 관계 속에서 형성되는 것이다. 누군가 자신이 타자와 상호 작용하는 존재임을 깨닫고 타자의 고통에 자발적으로 연루되거나 함께 아파하는 능력을 말하기도 한다. 이처럼 공감은 일종의 이타성(alterity)을 바탕으로 한다. 에드워드 윌슨은 이타주의(altruism)를 "타자의 유전적 적응도를 높이기 위하여 자신의 유전적 적응도를 희생시키는 것"(「인간 본성에 대하여」)으로, 피터 싱어는 "타인을 이롭게 하고자 하는 욕구에 의해 동기 지워진 행위로서, 행위자가 손해를 감수하는 것"(「사회생물학과 윤리」)으로 정의한 바 있는데, 이월성의 소설은 이러한 공감의 이타성을 추구하고 실현하는 윤리적 지향으로 단단하게 묶여 있다. 이제 그 세계 안으로 한 걸음씩 들어가 보도록 하자.

2. 새로 찾아가는 '사랑'의 비밀

단편소설은 삶의 한순간을 함축적으로 담아내는 서정시의 속성과, 삶의 내력을 유장한 필치에 실어 전달하는 장편소설의 속성을 동시에 공유한다. 집중된 사건을 중심으로 사람살이의 날카로운 단면을 보여주는 단편은 우리로 하여금 이미 겪었을 법한 실제 경험을 상상적으로 재구성하게끔 해준다. 빼어난 이야기꾼으로서의 이월성 작가는 서사성이 강한 작품 군群과 서정적 터치가 강한 작품군을 동시에 구비함으로써 이러한 경험을 우리에게 부여한다. 그것은 장편이 추구하는 전체성과 서정시가 중시하는 내포성 사이에 존재하면서 양자를 동시에 충족하고 구현해낸다. 그만큼 그의 단편은 인생 단면을 통해 일종의 '내포적 전체성'에 이르는 각별한 경험을 건네고 있다. 그 안에 합리성과 신비성의 힘을 결속하면서 우리 생의 비밀을 펼쳐낸다. 그 가운데 가장 압도적인 것이 '사랑'의 비밀일 것이다.

「푸른 우체통」은 할아버지가 갑자기 돌아가시자 방학 동안 할머니와 함께 살게 된 '연경'이 들려주는 이야기이다. 할아버지는 대학에서 정년 퇴임한 후에 바다가 보이는 소도시에 내려와 등대 옆 '푸른 우체통'에 도착한 편지에 답신을 보내면서 사셨다. 폭풍우가 몰아치던 날 편지들을 가지러 갔다가 비를 많이 맞으시고는 환후가 깊어져 돌아가셨다. 연경은 할머니와 생활하면서 많은 것을 듣고 느낀다. 푸른 바다가 내려다보이는 이 집을 그리워하기도 했으니 손해 볼 일은 아니었다. 자신이 마음에 둔 K를 좋아하기는 하지만, K가 자신의 절친인

정아와 사귄다는 징후를 느끼고는 자신의 사랑을 그리움 정도에 머물게끔 한다. '푸른 우체통'은 그 안에 편지를 넣으면 답신이 온다는 소문이 많았다. 답글을 읽으면 고민 해결의 힘이 생긴다는 소문이 퍼져나가 전국에서 사람들이 모여들었다. 이 모든 움직임을 할아버지는 파수꾼처럼 지켜보셨다. 할아버지가 안 계시니 이제 SNS에는 푸른 우체통의 답신이 오지 않는다는 글이 올라온다. 등대 불빛이 반짝이던 밤, 연경은 푸른 우체통으로 걸어가는 할머니를 목격한다. 그리고 할머니 방에서 흘러나오는 울음소리를 듣는다. 드디어 할머니는 손녀에게 한 여자의 이야기를 하신다. 물론 그 여자는 할머니 자신이다. 남편이 제자와 바람이 났지만, 질투의 힘으로 살아온 그 여자는 손녀에게 "연경아, 무조건 많이많이 사랑해라. 아끼지 말고 마음껏 사랑해라. 사랑해서 사랑을 잃은 것은 전혀 사랑하지 않은 것보다 낫다고 하더라."라고 말씀하신다. 이제 할머니 손에 의해 할아버지 서재에서 몇 달 동안 끊겼던 푸른 우체통의 답신이 보내진다. 할머니는 그 답신에 푸른 동백나무 그림을 그려준다.

푸른 동백나무는 꽃이 피기 전인지, 지고 난 후인지는 알 수 없지만, 꽃이 없다는 것은 머지않아 동백꽃이 필 거라는 희망을 주는 것이다. 나는 푸른 동백나무가 자꾸 서재로 종종걸음 쳐 들어가는 걸 환영처럼 보고 있다.

할머니는 이제 할머니 세상에 산다. 푸른 우체통을 찾는 사람들에게 할머니가 알고 있는 세상의 이치를 들려주고 있다. 할머니의 언어로 말이다. 그것은 많은 학식으로 가능한 게 아니라 평생을 인내하며 살았기에, 상처받은 이들의 마음을 말랑하게 풀어주고 세상을 유연하게 바라볼 수 있는 용기를 주는 것이다.

푸른 우체통을 바라보다 심쿵한 생각이 파도처럼 일어났다. 할머니와 나에게 미친 사랑이 찾아올지도 모른다. 그럼, 바다를 품듯 가슴을 열고 맞자고 해야겠다. 빨간 등대와 하얀 등대 사이로 작은 배가 바다를 향해 나가고 푸른 우체통을 향해 누군가 다가가고 있다.

할머니가 그리는 푸른 동백나무는 머지않아 동백꽃이 필 것이라는 희망을 준다. 사랑의 상실을 함께 겪은 할머니와 손녀는 푸른 동백나무가 서재로 들어가는 것을 함께 바라보고 있다. 이제 할머니는 할머니의 언어로 할머니 세상에 사신다. 마음의 상처를 인내해온 할머니가 건네주는 희망과 용기의 메시지를 통해 연경은 한없는 감동과 위로를 받는다. 이제 다시 할머니와 연경에게 사랑이 찾아올지도 모르지 않는가. 절망과 인내의 세월 속에서 바다를 품듯 가슴을 열고 사랑의 희망을 일구어가는 '푸른 우체통'의 역사는 다시 새롭게 시작될 것이다. 절망에서 희망으로 번져가는 반전 서사가 압도적으로 다가오는 명편이다.

「누구나」는 대기업 이사인 아버지와 대학교수인 엄마, 그리고 의대를 다니는 두 동생과 함께 완벽하게 자란 '김봄'이 자신만의 사랑을 찾아가는 이야기이다. 초등학교 초임 교사인 봄은 첫날부터 부모님과 떨어져 사는 민수에게 눈길이 갔다. 학교 일을 마치고 현관문을 들어선 어느 날 봄은 부모님이 나누는 대화 소리를 듣는다. 평소처럼 차분하고 교양 있는 엄마의 목소리가 아니었다. 봄이를 자신의 아들들보다 먼저 챙기고 사랑해주었건만 그 아이는 곁을 안 주고 차갑다면서 "그 여자야. 봄이 엄마. 당신 모르지. 그 여자가 순순히 물러난 줄 알아. 내가 그 여자 앞에서 무릎을 꿇었어. 당신을 달라고. 그 여자는 아무 말 없이 감정이 전혀 없는 눈으로 나를 내려다봤어."라고 하는 것이 아닌가. 조용히 집을 나온 봄은 그 "눈빛을 닮은 여자"를 찾기로 한다. 잊고 있었던 파란 상자를 책상 밑에서 꺼내 그 안에 들어있던 종이를 찾아 든다. 중학교 2학년 때쯤 "네 엄마 친구"라면서 누군가 상자에 넣어준 메모였다. 그동안 누구에게도 말하지 않은 그날의 유일한 증거 말이다. 상자에서 나온 뭉개진 메모지 속 전화번호를 통해 봄은 자신의 엄마 '임미숙'이 있는 곳을 찾아간다. 떨리는 봄의 손에는 '힐링타이마사지'라는 상호가 적힌 메모지가 들려 있었다.

　크고 무해한 눈빛이 나를 보고 있었다. 나는 다시 누웠다. 여자는 아무 말 없이 부드럽게 내 다리를 마사지했다. 따뜻한 손길이었다. 여자의 손길이 나에게 괜찮다 괜찮다고 말하는 것 같았다. 눈에 눈물이 고였다. 이 손길이 멈추지 않았으면 좋겠다고 생각했다. 그냥 계속 나를 쓰다듬어 주었으면 좋겠다고 생각했다. 순간 내 다리 위로 물한 방울이 떨어졌다.

누구나 각자의 다 사연이 있는 법이다. 봄이도 엄마도 서로 헤어져 살아야 했던 슬픈 사연이 있었다. 이렇게 어둑한 공간에서 엄마는 "크고 무해한 눈빛"으로 딸을 바라보고 있다. 아무 말 없이 부드럽게 마사지하는 엄마의 따뜻한 손길 앞에서 딸은 "여자의 손길이 나에게 괜찮다 괜찮다고 말하는 것" 같다고 느낀다. 눈물이 고이면서 이 손길이 멈추지 않았으면 좋겠다고도 생각한다. 그냥 계속 쓰다듬어주었으면 좋겠다고 생각할 때 다리 위로 물 한 방울이 떨어졌다. 그렇게 두 방울의 눈물은 서로의 사랑을 확인하게 해주었다. 엄마도 딸도 모두 크고 무해한 눈빛으로 사랑을 심어온 사람들이었던 것이다.

「덧니」는 딸 지숙이 갑자기 세상을 떠나자 사위와 손자에게 여자가 필요하다면서 강 선생을 그네들에게 소개해준 '홍 여사'의 이야기이다. 어느 날 홍 여사는 사위와 손자가 좋아하는 음식을 들고 찾아왔는데, 거기서 손자의 학습지 교사인 강 선생이 엄마 노릇을 하고 있음을 본다. 덧니가 보일 만큼 활짝 웃는 것에 매료되어 사위에게 만나보라고 했던 강 선생은 이제 덧니를 숨긴 채 차분한 목소리로 홍 여사에게 차갑게 대한다. 그러다가 홍 여사는 아픈 딸을 위해 매일 한약을 달여 들고 가는 한 노인을 떠올린다. 그때 그녀는 지숙의 환영을 보게 되는데 자신이 오른팔을 굽혀 삼각형 공간을 만드는 것을 환각처럼 경험한다. 마치 지숙이 홍 여사의 팔짱을 낀 것처럼 말이다. 이제 그녀는 치아가 환하게 드러나도록 활짝 웃으며 어린이놀이터를 가로질러 걸어간다. 우리가 다시 회복하고 수행해가야 할 사랑의 방식을 보여주는 순간이 아닐 수 없다.

이월성의 소설은 현저하게 인물의 개별화와 내면화의 방향을 취하면서 그 안에 사랑을 상실한 이들이 찾아가는 사랑의 비밀을 새롭게 배치한다. 특별히 그의 소설은 사랑의 덧없음과 불가능성 그리고 간절함과 불가피성을 동시에 증언한다.
사실 사랑이란 우연한 계기에 의해 찾아오기도 하고 떠나가
기도 하지 않는가. 인간에 대한 이성적 판단을 무색하게 하는
예외적 일탈 장면은 또 얼마나 많은가. 이월성 작가는 합리성
의 잣대로 현실을 논하기도 하지만, 그와 동시에 합리성으로
는 설명되지 않는 인간 욕망에 대해서도 관심의 끈을 놓지 않
는다. 다시 말해 인간의 사랑이 포용적으로 승인되기보다는
어떤 운명이나 불가항력에 의해 유보되는 순간을 담는 동시에
미완의 사랑을 넘어 가장 간절한 힘으로 가닿는 새로운 사랑
의 가능성을 형상화한다. 그 눈물겹고 눈부신 순간이 우리로
하여금 새로 찾아가는 '사랑'의 비밀에 상도想到하게끔 해주
고 있는 것이다.

3. 삶의 아이러니 속에서 발견해 가는 '희망'

나아가 이월성의 소설은 공유된 기억을 가진 이들의 마음
을 관통하면서 펼쳐지는 특성을 지닌다. 원래 기억이란 주체
가 가지는 회상적이고 창의적인 기능의 일환을 뜻한다. 작가
는 남다른 기억을 통해 주체를 경험적으로 회복하면서 삶에

남은 오랜 시간의 잔상殘像을 재현하고 그때의 한순간을 구성해간다. 이러한 순간성을 통해 우리는 일견 무의미한 관성의 집적으로 보이는 일상의 시간조차 한 시대를 징후적으로 알게 해주는 풍요로운 보고寶庫임을 알게 된다. 이월성의 소설은 그 미세하고도 역동적인 일상의 결을 탐사하고 형상화한다. 그 과정에서 그만이 겪는 삶의 아이러니와 그것을 넘어서는 공감적 희망의 손길이 움직여가게 된다.

「멘도사」는 다육식물 '멘도사'를 키우던 '나'가 인터넷 카페에서 알게 된 '페르세우스'를 만나러 가는 장면으로 시작된다. 다육식물에 관해 해박하면서도 자신에게 친절하기 그지없는 그를 만나, 죽어가는 멘도사를 위한 지혜를 얻고자 한 것이다. 두 아들을 독립시키고 나서 '나'는 남편과 둘만 남았다. 남편은 완벽하고 든든한 울타리가 되어주었지만 결혼 후에는 모든 것이 흐트러짐이 없어야 하는 사람으로 변했다. 이제 남편은 회사를 그만두고 중고 자동차 딜러로 일하고 있다. 페르세우스는 "제가 매일 보는 것은 현실인데, 현실은 진실이고, 진실은 참인데, 제가 과연 현실……"이라는 글을 남겼고, '나'는 그의 감정이 다가오는 것을 느낀다. 그리고 둘은 결국 만나기로 했다.

식물원 옆, 작은 카페에 시선이 멈췄다. 한적한 주위 분위기 탓인지 카페는 추워 보였다. 현관문에 걸린 주황색 전등이 그나마 온기를 쏘아주고 있었다. 나무문을 열자 풍경이 울렸다. 동시에 '어서 오세요.' 하는 여자의 음성이 들려왔다. 문 앞에 서서 실내를 둘러봤다. 온통 다육이었다. 테이블과 테이블 사이를 구분 지어 놓은 선반 위에도 앙증맞은 다육이들이 놓여있었다. 다육이를 품은 화분도 다양했다. 접시, 머그잔, 찻잔, 기와···. 무엇이든 가능했다. 서너 걸음 실내로 들어서면서 마음이 놓였다. 다육이에게로 향했던 시선을 거두어 혼자 앉아 있는 남자를 보았다. 어딘가 낯익은 모습이다. 정장을 차려입고 무스로 머리를 깔끔하게 넘긴 남자, 남자도 나를 바라본다. 의아하다는 눈빛과 왼쪽으로 5도 정도 기울어진 얼굴이 나를 빤히 보았다.

이 '남편=페르세우스'의 느닷없는 등식은 언젠가 "다육이네. 그거 키우려고?", "작다고 소홀하게 대하면 안 돼." 같은 말을 남겼던 남편의 잔상을 불러온다. 페르세우스가 보여준 다육식물의 세계에는 정말 신기한 것이 많았다. 음악에 맞추어 이파리들이 위아래로 움직이는 동영상 아래 그는 "무풀의 춤에 맞춰 춤을 추고 싶은 날입니다. 지친 하루를 무풀이 위로

해줍니다."라는 글을 남기기도 했다. 동영상을 돌려보며 따라서 두 팔을 흔들며 춤을 춘다. '나'는 그와 함께 춤을 추는 환각도 경험한다. 다육이들이 많아졌을 때 남편은 5도쯤 고개를 삐딱하게 기울인 채 "물은 제대로 주는 거야? 다육이는 물주기에 주의해야 해. 다육이 자체가 대부분 물로 되어 있어서 물을 주지 않아도 어느 정도 살 수 있어. 흙이 마르면 물을 주는 게 좋아. 다육이는 추위에 강해. 너무 따뜻하게 해주지 마."라고 했었다. 가장 무심하게 멀어진 남편과 가장 따뜻하게 다가온 페르세우스가 동일인이라는 생의 아이러니를 통해 작가는 우리가 함께 살아가는 평범한 일상에서 새로운 희망을 발견할 것을 반어적으로 보여준 것이다.

다음으로 「석호潟湖」를 읽어보자. '석호'는 사취, 사주 등에 의해 바다와 거의 분리되면서 생긴 호수를 말한다. 예기치 못한 교통사고로 다리를 잃은 주인공 '강'은 아내 '진영'과 함께 바다가 보이는 휴양지로 왔다. 거대한 상실감과 분노에 빠진 그는 바닷가에 와서도 비참한 자신의 육체적, 정신적 현실을 느낀다. 사고 이후 세상과 문을 닫은 그가 바다로 가자고 했을 때 진영은 너무도 기뻤다. 산책 중에 그들은 팻말에 쓰인 '석호潟湖'라는 글자를 본다. 바닷물이 지하로 흘러들거나 해안으로 밀려 들어왔다 다시 바다로 가지 못하고 모래더미에 갇혀 민물과 섞여 만들어진 호수였다. 강은 세상을 이전 시선으로 볼 수 없다는 것에 한없는 실의에 빠진다. 앞으로도 많은 시간을 그렇게 버티고 견뎌내야 한다는 것을 생각한다. 진영은 강이 살아있기만 하면 다 괜찮았지만, 변해가는 자신과 사람들에게 잊히길 원하는 강의 행동이 불안하기만 하다. 그때 휠체어 바퀴에 널빤지가 부서지면서 그 틈새로 바퀴가 빠지는 상황이 발생한다. 두 사람의 서로를 향한 갈등의 감정이 최고조에 치달았지만 지나가던 중년 남녀가 도와주어 강과 진영은 거기를 빠져나올 수 있었다.

강과 진영은 호수를 한 바퀴 돌아 푯말이 세워진 곳으로 다시 왔다. 처음에 보지 못한 문구가 두 사람의 눈에 들어왔다. '석호는 바닷물과 민물이 섞여 플랑크톤이 풍부해 다양한 생물의 보고일 뿐만 아니라 쾌적한 삶을 영위할 수 있는 삶의 터전이며 후대에 물려줘야 할 우리의 자산이다'라고 적혀 있었다.

진영은 호수와 바다를 등 뒤로 하고 숙소를 향해 휠체어를 밀었다. 강도 양손을 바퀴 핸드림 위에 올리고 천천히 밀었다. 바퀴가 한결 가볍게 굴러갔다. 어스름한 어둠이 내려앉는 호수 수면 위로 물고기가 튀어 오르고 바다에서는 폭죽 터지는 소리가 들려왔다.

이렇게 강과 진영은 제자리로 돌아온다. 그때 미처 못 본 문구가 두 사람을 맞아준다. "석호는 바닷물과 민물이 섞여 플랑크톤이 풍부해 다양한 생물의 보고일 뿐만 아니라 쾌적한 삶을 영유할 수 있는 삶의 터전이며 후대에 물려줘야 할 우리의 자산"이라는 문장을 보자 그들은 새로운 자산을 향하여 천천히 나아간다. 진영은 호수와 바다를 뒤로 하고 숙소를 향해 휠체어를 밀고, 강도 스스로 휠체어를 천천히 민다. 두 사람의 힘이 얹히자 바퀴는 한결 가볍게 나아간다. 어둑한 시간이 이들을 감쌌으나 호면湖面 위로는 물고기가 튀어 오르고 바다 쪽에서는 이 광경을 바라보는 듯한 폭죽 소리가 들려온다. 선의를 가지고 누군가를 살리기 위해 자신이 다쳐버린 강과 그를 사랑하는 진영이 치유의 시간을 가지려 바닷가로 나왔지만, 갈등만 커져가는 반어적 아이러니를 맞은 바로 그 순간, 그들은 새로운 희망을 발견하고 천천히 걸어 나간 것이다. 이월성 특유의 따듯하고 아름다운 희망의 순간이 새록새록 다가온 명품이 아닐 수 없다.

「스프링21」은 고3 때 같은 반 친구였던 보현과 윤서의 산행 과정을 담은 이야기이다. 함께 가기로 했던 지영이가 오지 못하고 단둘이 오르는 산길이었다. 벚꽃잎 분분히 흩날리는 봄날, 보현은 당당하고 머뭇거림 없는 윤서의 걸음걸이에 여전히 "나는 느끼고 윤서는 느낄 수 없는 것"을 떠올린다. 마당발 지영이, 자유로운 영혼 윤서, 모범생 보현은 서로 다른 개성 때문에 가까워진 친구들이다. 서로가 있어 자신의 존재를 확인받는 더없이 좋은 관계였다. 보현과 윤서는 유년 시절 보현 가족이 가곤 하던 뒷산을 오른다. 거기서 보현은 엄마 아빠와 '인간 스프링 놀이'를 하던 기억을 떠올린다. 웅크리고 앉았다 힘껏 몸을 펴고 손을 쭉 뻗어 나뭇가지에 닿는 놀이였다. 입시 결과가 엇갈리면서 세 사람의 관계는 조금 흔들렸지만, 여전히 보현과 윤서의 우정은 따뜻한 견고함을 가진 채 독자들을 사로잡는다. "손보현 씨는 영혼이 맑아요. 작은 것에도 감동하고. 저기 봐 저곳이 정상인가 봐." 하는 윤서의 배려에 보현은 문득 '애벌레 기둥'을 생각해낸다.

갑자기 애벌레 기둥이 생각났다. 저 위에는 뭐가 있을까. 이 순간 왜 애벌레 기둥을 떠올렸을까. 멍하게 산의 정상을 바라보는 나에게 윤서가 나직하게 말했다.
"보현아, 네 신발로는 저 정상까지 올라갈 수 없어. 나랑 운동화 바꿔 신자."
"뭐, 운동화를?"

나는 운동화를 벗고 있는 윤서를 물끄러미 보다가 산 정상을 향해 고개를 돌렸다. 바람이 부는 대로 깃발이 펄럭였다. 저곳에 오르면 먹었던 음식이 역류하지 않고 순리적으로 내려갈까? 웅크렸던 내 몸이 스프링처럼 튀어 올라 찬란한 이 봄을 만끽할 수 있을까? 다시 어디선가 총소리가 들렸다. 땅! 총알이….

운동화를 바꿔 신자는 윤서의 말에 보현은 바람 부는 대로 펄럭이는 깃발을 바라본다. 저곳에 오르면 삶의 역류를 거슬러 순리로 접어들 수 있을까? 웅크렸던 몸이 스프링처럼 튀어 올라 찬란한 봄을 만끽할 수 있을까? 그때 들려온 어디선가의 총소리는 보현의 이러한 소망에 다시 난경難境을 부여하게 된다. 결국 이 소설은 20대 미취업자들이 겪는 사회에 대한 공포와 두려움으로 끝을 맺는다. 등산을 통해 친구의 우정을 되찾기는 했지만, 아직도 이들이 넘을 현실의 벽은 높기만 하다.

이처럼 이월성 작가는 삶의 고단한 아이러니 속에서 희망을 발견해간다. 모든 존재자가 겪는 좌절과 소외의 상황을 그는 궁극적 삶의 원리로 바꾸어가는 긍정적 회귀성을 보여준다. 모두 제자리로 돌아오는 것이다. 물론 우리는 이러한 희망의 질서를 소멸시키는 내외적 폭력에 직면하고 있고, 그것은 개인적 역량에 의해 타개될 수 있는 것이 아니라 개인의 판단 여부를 뛰어넘는 구조적 차원을 띠고 있다는 것을 잘 알고 있다. 이월성은 이러한 내외적 상황 안에서 인간의 역설적 희망을 그려가는 작가이다. 그의 작품은 비상한 인지적 충격을 주기보다는, 삶의 결핍과 허무와 절망을 넘어 새로운 희망에 가닿는 흔치 않은 예기銳氣를 보여준다 할 것이다.

4. 압축과 반전의 스마트소설 미학

다음으로 『무해한 눈빛』들에 실린 스마트소설의 세계를 살펴보자. '스마트소설'이란 스마트폰과 소설의 결합을 시도하는 글쓰기에 명명된 새로운 이름이다. 광고 카피가 많은 말을 핵의 말로 압축하여 선명한 의미를 전하듯이, 스마트소설은 매우 짧은 분량에 서사문학 특유의 통찰과 혜안을 담아 보여준다. 짧고 난해하지 않으며 압축과 반전을 통해 감동을 유발하는 구조를 갖추어야 한다. 현대 사회가 복잡해진 만큼 짧은 소설은 다양한 양식적 분화를 이루면서 이 숨 가쁜 시대를 관류해 가는데, 형식과 분량에서 자유로운 이러한 글쓰기 방식을 이월성 작가는 모두 일곱 편의 스마트소설에 담아 보여준다. 이 소설집에서 차지하는 비중이 결코 작지 않다.

「택시 드라이브」는 마음이 괴로울 때마다 택시를 타고 기사에게 속마음을 털어놓는 '진해'라는 젊은 여성의 이야기이다. 진해는 자기가 만든 프로젝트를 가로채 성과를 올린 상사, 정말 자기밖에 모르는 "요즘 젊은것들", 사막에 나무를 심으면서 공공적 가치를 실현하려는 시민운동가 언니 부부에 대하여 오늘도 택시 기사에게 속사포처럼 쏟아낸다. 불판에서 금방 튀겨진 팝콘처럼 사방으로 날아간 감정을 소쿠리에 담기 위해 무작정 택시를 타고는 벌거숭이가 되어 속마음을 털어놓는 것이다. 언젠가 한번은 기사 쪽에서 아내 이야기를 들려주면서 개운해한 적도 있다.

기사가 동조의 추임새를 넣어주거나 고개를 끄덕거리면 속마음이 날개를 달고 마음껏 하늘을 날았다. 묵혔던 말을 시원하게 쏟고 나면 온몸에 생기가 돌았다. 친구나 동료, 가족, 정신과 의사를 찾는 것보다도 훨씬 효과가 좋았다. 특히 말이 번질 염려가 없었다. 말이 오해를 낳을 염려도 형태가 변질될 걱정도 없었다. 실체가 있는 존재이긴 하지만 택시 기사와 진해는 서로에게 익명의 인물이었다.

이러한 반^半익명의 청자를 향한 말건넴 구조를 통해 진해는 자신만의 '택시 드라이브'를 한 것이다. 나아가 이 소설은 기사 쪽에서 자신의 이야기를 쏟아놓는 반전 구조를 통해 익명화된 우리 사회를 조감鳥瞰하고 있다. 그 안에서는 선과 악이 명료하게 대립하지 않는다. 서로가 서로에게 익명의 존재자일 뿐이기 때문이다.

「프라이드치킨 한 조각」은 딸과 사위 그리고 손자들과 함께 사는 '천 여사'의 이야기이다. 남편과 이혼하고 나서 열심히 살아 사업이 번창했을 때 천 여사는 따뜻한 온기가 있는 가정이 그리워 사위에게 아파트를 사주고 함께 살게 되었다. 그러다가 사업이 어려워졌고 그녀는 딸마저 매몰차게 변해가자 마음고생을 심하게 한다. 어느 날 천 여사가 갑자기 타계하는데 그녀는 부도로 날렸던 돈에 이자까지 더해진 통장을 남겼다. 그런데 빈소에 사람들이 몰려와 고인이 전 재산을 기부하였고 매달 '치킨 데이'를 만들어 양로원 어르신들께 '1인 1닭'을 드리라는 당부를 하였다고 유족들에게 말을 건넨다. 딸네 식구가 어머니를 배제한 채 프라이드치킨 파티를 벌였던 기억에 대한 응징으로 천 여사는 이러한 조치를 취한 것이다. 누군가에 대한 서운함에 대해 치킨을 매개로 하여 반전을 시도한 유쾌한 소설인 셈이다.

「그렇잖아요. 안 그래요?」는 마당발 봉사자 희경이 잘 모르는 여자가 털어놓는 이야기를 들어주는 데서 시작된다. 희경은 아들이 유치원에 다니면서 그 주변에서 모임을 맡아 열심히 봉사활동을 했고 지금은 단체장이 되어 지역에서 그녀를 모르는 사람이 없을 정도가 되었다. 한 여자는 술에 취해 희경에게 신세타령을 하였는데 이제 희경이 자신의 아들 문제를 쏟아놓는 반전이 벌어진다. 로스쿨 다니던 아들이 한 여고생에게 과외 공부를 가르쳤는데 그녀가 갑자기 임신을 한 것이었다. 그쪽에서는 결혼을 요청하고 희경 자신은 결혼을 시킨 후 이혼을 시키려는 계획을 가지고 있다. 그때 막막했던 문제에 길이 보이는 듯했다. 그런데 불평을 늘어놓던 여자가 갑자기 희경에게 "그러면 안 되죠. 그렇잖아요. 그건 아니죠. 안그래요?" 한다. 불평과 조언의 주체가 순간적으로 바뀌어버린 것이다. 여기서 희경의 존재 전환은 우리가 마지막까지 견지해야 할 윤리적 최저 임계점을 보여주는 순간이 아닐 수 없을 것이다.

「열공나라」는 육십 중반의 명숙이 도서관에서 문학 창작 수업을 듣고는 다시 학생이 되어 '열공나라'라는 스터디카페를 찾는 과정을 그렸다. 그곳은 더없이 좋은 창작 공간이었다. 어느 날 노트북 사용 시 소음을 주의해 달라는 카페지기의 말에 명숙은 누가 자신을 지목한 것일까 생각하다가 체크무늬 잠바를 입은 남자를 떠올렸다. 그러다가 그가 매우 예의 바른 모범 청년이고, 어렸을 때 귓병을 앓아 청력이 떨어진다는 사실을 듣게 된다. 그때부터 명숙은 청년에게 미안함을 느끼고 그를 만나면 반갑기까지 하였다. 하지만 청년은 공부 흐름을 방해하는 작은 소리도 싫었고 명숙에게 눈치를 주어도 그녀가 깨닫지 못하는 것에 입술을 깨물었다. 오늘도 그렇게 청년과 여자는 옆자리에 앉아 누가 더 큰 소리를 내는지 내기라도 하는 듯했다. 두 사람의 긴장 때문에 또 다른 여학생은 이제 '열공나라'를 떠나야 할 때가 되었다면서 짐을 챙긴다. 서로에 대한 오해와 이해가 편재遍在한 내면세계를 잘 비추어준 정말 스마트한 소설이다.

「비가 그치면」은 산을 오르다가 빗줄기를 만난 주인공이 정자로 피해 비를 긋다가 거기서 만난 한 중년 여자와 나눈 대화를 다루고 있다. 여자는 평생 가구 사업을 하다가 공장에 불이 났는데 남편이 여자의 20년 지기와 함께 돈을 들고 해외로 도피했다고 한다. 그리고 두 사람이 교통사고로 동시에 세상을 떠났다고 하였다. 그때 여자는 "나를 가장 사랑해줄 내가 있네요. 나는 나를 위해 남편의 기억을 수선해 예쁜 마음만 안고 살래요."라고 말하고 목에 둘렀던 수건을 풀어 주인공의 목에 감아준다. 비가 그치자 그녀는 먼저 산을 내려갔다.

    P는 목에 두른 수건을 두 손으로 꼭 누르며 여자의 뒷
모습을 지켜봤다. P가 맨 백팩 안에는 영원한 이별을 위해
준비한 편지가 들어있었다. 그것은 이제 주인에게 전달되
지 못할 쓸모없는 것이 되어버렸고 P는 그 공간을 채울 기
억을 더듬더듬 찾아 한 땀 한 땀 수선하기 시작했다. 유달
산 하늘 위에서 햇빛이 찬란하게 빛났다.

이렇게 잠깐 내린 비와 우연하게 만난 한 여자가, 이별을
준비하던 주인공에게 새로운 충전의 순간을 가져다준 것이
다. 우리도 그러한 순간들을 통해 새로운 에너지를 선사받을
때가 종종 있지 않는가.
    「감사합니다. 그대가 있어서」는 스스로 환갑 축하 플래카
드를 단 '황 부장'의 이야기이다. 회사가 어려워지자 창업 동
료 대표에게 명예퇴직을 당한 '나'는 배드민턴동호회에 들어
가 황명구를 만났다. 동호회 비타민이었던 황 부장은 언젠가
부터 기운이 없어졌고 빠르게 주변 인물로 물러나 앉았다. 하
지만 그는 자신이 세상에 감사할 것밖에 없음을 들려준다. 그
리고 '나'는 "감사합니다. 그대가 있어서!"라는 말로 그의 삶

에 응원을 보낸다. 삶의 융기와 침잠, 오름과 내림, 성취와 좌절의 교차 과정은 사실 그렇게 선명하게 나뉘는 것이 아니다. 그러니 감사할 것밖에 없다는 작품의 전언에는 이월성 작가 특유의 긍정의 마인드가 개재해 있다 할 것이다.

「무인호텔」은 회사에서 감원 바람이 불어 많은 직원의 짐을 싸게 한 남자가 포상 휴가를 받아 아내와 무인호텔로 향하는 이야기를 담고 있다. 호텔에 들어와 텔레비전 리모컨이 듣지 않자 그들은 관리인을 불러 해결을 한다. 이때 여자는 어디나 사람의 손이 있어야 한다고 말한다. 남자 역시 세상이 아무리 변해도 달라지지 않는 것이 있다면서 중얼거린다.

　창백한 얼굴의 남자는 바뀐 세상에 적응하지 못하는 사람이 자신이라는 생각이 자꾸 들었다. 만약 아내가 멈추라고 소리를 질러주지 않았다면… 생각만 해도 오싹했다. 무인호텔에 보이지 않는 사람들. 사람의 손길.
　자신을 감싸 안은 여자가 달콤한 목소리로 말했다. 애인 놀이가 끝나면 무슨 놀이를 할지 생각이 났다고. 여자는 바득바득 효자 아들과 어머니 놀이를 하자고 했다. 남자는 갈피 잃은 눈으로 검은 바다를 바라봤다.

이제 '무인'이 대세이지만 작가는 '유인'의 힘으로 움직여

가는 세상에 대한 소망을 내비친다. 이처럼 이월성의 스마트 소설은 짧은 분량 안에 서사문학이 가질 법한 특유의 감동과 반전, 공감을 한없이 불러일으키고 있다. 문학의 장르적 경계를 자유롭게 넘나들고 아우르면서 그의 스마트소설은 서사 문학으로서의 빛을 정점에서 발한다. 기존 소설 미학이 가지는 일반적 속성에 바탕을 두면서도 거기에 변화하는 시대정신의 속도와 정보의 극대화를 반영해간 것이다. 압축과 반전의 스마트소설 미학이 이월성 소설집에 이렇게 빛나는 정채精彩를 더하고 있는 것이다.

5. 경험의 구체성과 가치의 보편성을 결속한 화폭

프랑스 시인 랭보(A. Rimbaud)는 "상처 없는 영혼이 어디 있으랴"라는 유명한 문장을 우리에게 남겼다. 이월성 작가는 이러한 인간 보편의 존재론을 소설적으로 증언하면서 우리의 삶이 근원적으로 고통과 상처 속에 있는 과정임을 들려준다. 그리고 그 고통과 상처를 생성해낸 세상의 폭력과 힘겹게 대결하면서 여전히 불모의 삶을 이어가는 이들을 아름답게 담아낸다. 이 호환 불가능한 고통과 상처에 자신의 예술적 가능성을 적극적으로 부여하고 있는 것이다. 그만큼 우리는 작가의 시선과 필치를 따라 인간 욕망의 바닥을 반전의 희망으로 바꾸어내는 심미적인 예술 정신을 만나게 된다.

지난 시절 한국 소설은 역사적, 경험적 진실의 세계를 공동체적 선善이라는 방향과 함께 써나감으로써 계몽적 열정을 강하게 보여주었다. 이월성의 작품은 이러한 방향과는 사뭇 다른 개별적 경험을 구상화하는 방향을 택하면서 독자로 하여금 한 시대에 참여하게끔 하는 과정을 동시에 요청하고 있다. 어디 그뿐인가? 아폴론적 질서와 디오니소스적 혼돈의 상호 얽힘도 삶을 신비롭고 불가해하게 만드는 중요한 측면이라는 점을 작가는 강조해간다. 그 핵심에 사랑의 추구와 좌절, 상처와 치유, 절망과 희망의 교차 과정이 한없이 출렁이고 있다. 인물들에게 닥친 험난한 운명과 그것을 역주행하는 신비로운 반전이 삶의 역설을 통한 사랑과 희망의 서사를 만들어주고 있는 것이다.

결국 이월성 작가는 상처받고 쓰러지는 과정에서 가장 강렬한 인간애人間愛의 가능성을 톺아 올리면서 자신의 소설을 긍정의 미학으로 바꾸어간다. 그러한 역설적 진단과 처방을 담고 있다는 점에서 그의 소설은 이 묵시록의 시대에 대한 은은하고도 든든한 실존적, 비판적 전언傳言이 되고도 남음이 있다. 그래서 이번 소설집을 통해 이월성은 더욱 큰 작가로 발돋움해 갈 것이다. 그렇게 최량의 문장과 사유를 통해 그의 소설은 경험의 구체성과 가치의 보편성을 결속한 화폭으로 단연 우뚝하다. 삶의 역설을 통한 사랑과 희망의 서사로 집약되는 이번 소설집 상재를 진심으로 축하드리면서, '작가 이월성'의 크나큰 결실이 더욱 훤칠한 도약을 통해 미학적 극점으로 나아가게 되기를 마음 깊이 희망해본다.

작
가
의
말

어느덧 봄이 오는 소리가 들린다. 세상이 어수선하고 혼란스러워도 꽃은 핀다. 읽고 싶은 책과 노트북을 들고 자주 가는 카페에 왔다. 카페는 공간도 넓고 복층인데 앞에 커다란 나무가 서 있어서 눈에 잘 안 띈다. 위치 때문인지 경제가 어려워서인지 손님이 별로 없다. 2층은 오후 3시까지 나 혼자 앉아 있는 날도 있다. 조용해서 좋긴 하다. 하지만 손님이 없어 언제 문을 닫을지 걱정이 앞선다. 혼자 공간을 차지하는 것 같아 조심스럽게 커피를 내주는 직원에게 말했다. 자주 와 오랫동안 앉아 있어서 미안하다고. 그랬더니 환하게 웃으며 "저희는 좋지요. 자주 와주세요" 한다. 차를 마시면 쿠폰에 도장까지 찍어준다. 또 미안하다. 오늘은 쿠폰을 안 가져왔다고 하자 영수증에 도장을 찍어주면서 다음에 오면 옮겨 주겠다고 한다. 마음이 뜨거워졌다. 카페가 잘 되었으면 좋겠다. 책을 못

읽을 정도로 손님이 바글바글했으면 좋겠다. 글을 잘 쓰고 싶다. 혹시 아는가. 나의 글이 이 손님 없는 카페를 누구나 찾아오고 싶은 명소로 만들지. 상상만으로도 행복하다. 소망은 어느 곳에서나 자란다.

한국소설가협회와 근 7년 동안 한 몸으로 살다 작년 2월에 업무를 잘 마쳤다. 2017년 봄, 준비 없이 덜컥 그 일을 수락한 것은 소설을 잘 쓸 수 있을지도 모른다는 야망 섞인 꿈이 크게 작용했었다. 그런데 협회 일에 몰두하다 보니 작품을 많이 쓰지 못했다.

소설을 읽지 않는 시대라고 말하지만, 협회 소설가들은 끊임없이 작품을 썼고 작품집이 발간되었다. 삶 자체가 소설 쓰기였던 선생님들, 시대의 아픔을 묵묵히 증언하는 그분들의 열정은 뜨거웠다. 자연과 인간, 생명에 대한 사랑이 쉼 없이 작품을 쓰게 한 원동력이었을 것이다.

그분들과 함께한 시간, 그 열기가 나에게도 스며들지 않았을까 싶다. 수많은 만남을 통한 인연과 각종 행사를 통해 얻은 소소한 체험들이 모여 작품 쓰는데 밑거름으로 작용해 줄 거라고 믿는다. 그 시간은 나에게 소중하고 고마울 뿐이다.

협회 일을 마치고 원주에 있는 토지문화관 창작실에서 두 달간 꿈같은 시간을 보냈다. 여러 사람 사이에서 북적이며 일하다 오로지 나에게만 집중한 시간이었다. 이른 새벽 아무도 없는 마을 길을 걸었다. 하루가 다르게 자라는 농작물과 산딸기, 오디가 지천으로 익어가는 자연의 경이로움에 찬사를 보냈다. 찬찬히 살펴봄으로써 깨닫게 된 선입견과 편견, 오해와 착각, 대견함과 감사 등을 떠올리며 얼굴을 붉히기도 했다. 오로지 나의 이야기에 몰입한 시간, 마음을 비우고 건강한 기운을 받아 글을 열심히 써야겠다는 의지를 불태우게 만든 고마운 시간이었다.

이 책에 실린 작품은 주로 협회에서 일하면서 발표한 것들이다. 작품을 모아놓고 보니 인물들이 각자가 가진 상처에 아파하지만, 공통으로 타인을 향한 무해한 눈빛을 지니고 있었다. 인물들은 상처와 고통 앞에서도 자신의 무해함을 지키고자 하는 선량한 사람들이었다. 그들의 눈빛을 마주한 순간 책 제목을 정했다. 그들의 목소리를 제대로 전했는지, 그들의 눈빛이 향한 곳을 제대로 비추었는지 염려된다. 독자들이 넓고 깊은 혜안으로 인물의 무해한 눈빛을 발견하고 그들의 목소리에 귀 기울여 주길 바라는 마음이다. 그래서 인물을 만난 독자와 독자를 만나 성장한 인물 모두의 뒷이야기가 행복했으면 좋겠다.

이 자리까지 달려올 수 있도록 응원해 주신 모든 분에게 감사의 마음을 전하고 싶다. 협회에서 일하는 동안 '축하드립니다. 감사합니다. 고맙습니다'를 입에 달고 살았다. 세상에서 가장 귀하고 아름다운 언어를 사용하게 해준 선생님들과, 즐겁게 일할 수 있도록 힘을 준 집행부 선생님들께 감사를 드린다. 또 행사 때 요청만 하면 달려와 도움을 준 문우들에게도 고마움을 전한다.

딸이 좋은 글을 쓰게 해달라고 항상 기도해 주시는 어머니와 긴 시간 동안 일할 수 있게 뒤에서 묵묵히 응원해 주고 급할 때 용병이 되어 준 남편과 두 딸에게 진심으로 감사와 사랑을 전한다.

고맙습니다. 그대들이 계셔서.

2025년 봄이 오는 길목에서
이월성

▶수록 작품 발표 지면

「푸른 우체통」_『한국소설』 2023년 10월호
「멘도사」_『아라문학』 2021년 봄호
「스프링21」_『문학저널』 2021년 가을호
「누구나」_『문학저널』 2024년 가을호
「석호潟湖」_『한국문학인』 2022년 겨울호
「프라이드치킨 한 조각」_『문예창작』 2020년 가을호
「그렇잖아요. 안 그래요?」_『문학나무』 2021년 봄호
「무인호텔」_『문학나무』 2022년 봄호
「열공나라」_『계간문예』 2023년 여름호
「비가 그치면」_『문학나무』 2024년 가을호
「감사합니다. 그대가 있어서」_『문학나무』 2023년 가을호